P9-CJQ-948

Textrovert

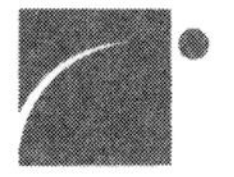

Textrovert

Lindsey Summers

Traducción de
María Enguix Tercero

Rocaeditorial

Título original: *Textrovert*

Adquirido de Wattpad con el título *The Cell Phone Swap.*
Primera publicación en inglés con el título *Textrovert.*
Publicado con el permiso de Kids Can Press Ltd., Toronto, Ontario, Canadá.

Primera edición: junio de 2017

Av. Marquès de l'Argentera 17, pral.
08003 Barcelona
actualidad@rocaeditorial.com
www.rocalibros.com

Impreso por Liberdúplex, s.l.u.
Ctra. BV-2249, km 7,4, Pol. Ind. Torrentfondo
Sant Llorenç d'Hortons (Barcelona)

ISBN: 978-84-16700-84-4
Depósito legal: B-11266-2017
Código IBIC: YFB

RE00844

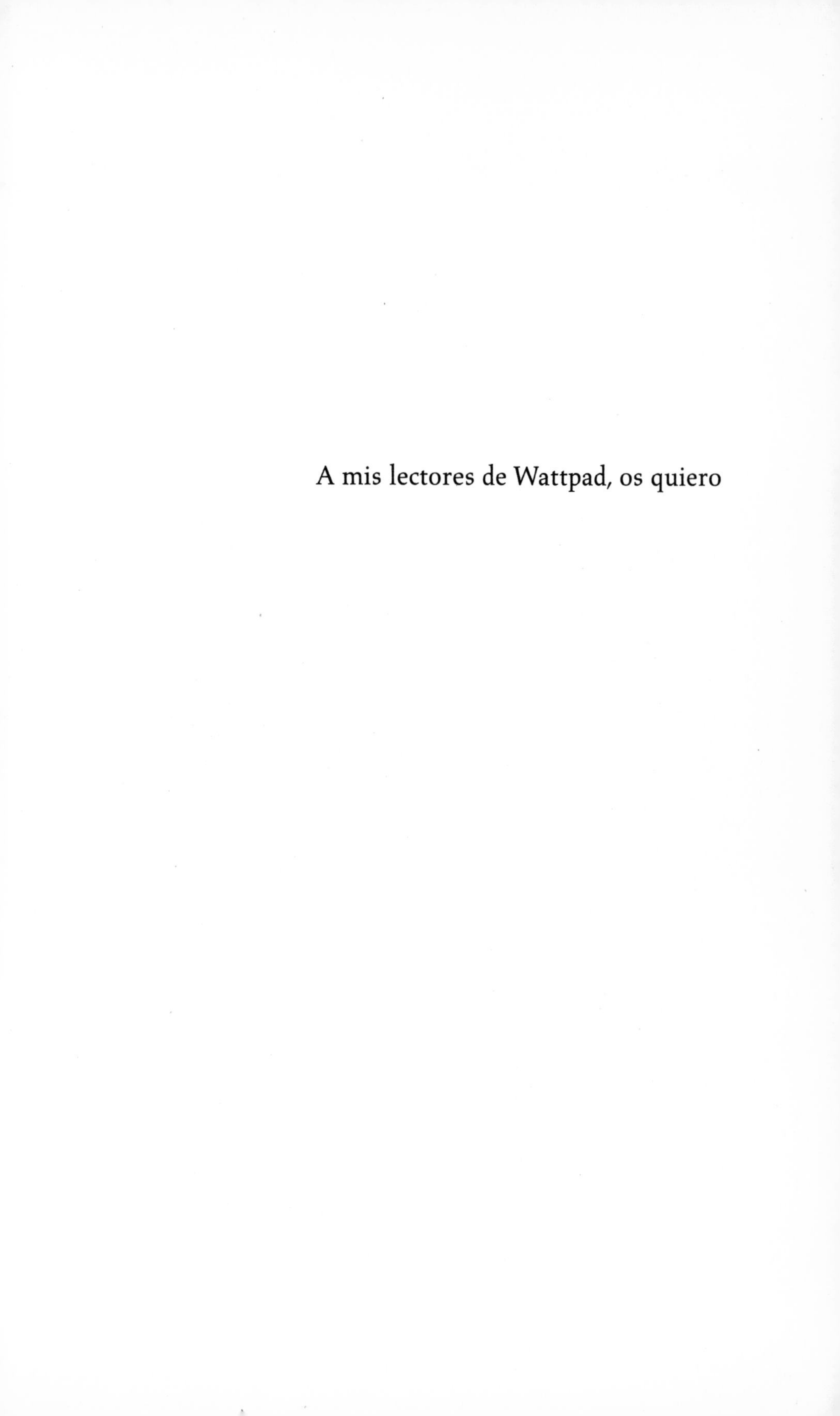

A mis lectores de Wattpad, os quiero

Capítulo 1

He perdido el teléfono

•••

El destino tenía un retorcido sentido del humor. O eso, o la odiaba, porque no podía ser que la hubiera emparentado con un gemelo así.

—Venga, Keels —suplicó Zach. Quizá su mirada inocente y sincera le funcionase con la madre de ambos, pero a Keeley no se la colaba.

—No te voy a dar las llaves —respondió.

—Porfa.

—Ni lo sueñes.

—Tú has tenido el coche todo el día.

—Y tú has vuelto a casa hace una hora.

—¿Y? —dijo él con tono burlón, comportándose como si no tuviese casi diecisiete años.

—Pues que ya es de noche. Ese es el problema.

—Es verano. Y mira quién fue a hablar. Ayer estuviste durmiendo hasta mediodía.

Keeley tenía la esperanza de que no se hubiera dado cuenta de ese detalle.

—Estaba cansada.

—Porque leer es agotador.

—No tienes ni idea.

Un maratón de lectura no era para corazones débiles. Requería dedicación y una vejiga grande para permanecer sentado en una silla durante horas y horas.

—Solo te moviste para pasar una página o picotear algo —se mofó Zach.

—Pero me muevo aquí arriba —respondió ella, dándose un golpecito en la sien.

—Keeley —dijo Zach con ese tono complaciente que la sacaba de quicio—, este es mi primer día libre desde hace tres semanas, y como capitán del equipo de fútbol de la escuela…

Keeley puso en blanco sus ojos castaños, del mismo color intenso que los de su hermano. Como tuviese que oírle una vez más la cantinela del «Yo soy el Capitán y por eso soy Dios», terminaría dándole un sopapo. Su hermano se pavoneaba por la casa como un gallo desde que el equipo lo había elegido capitán dos semanas antes. A nadie le sorprendió el resultado: Zach era un líder natural. Keeley solo deseaba que se le pasaran las ganas de dirigir el cotarro. Resultaba cansino.

—Mamá y papá nos han dado el coche a los dos, así que tengo el mismo derecho que tú a usarlo —concluyó él.

—Y lo usas el noventa por ciento de las veces.

—Porque yo soy el que lo necesita de verdad.

La insinuación la hirió, pero hizo como si nada. El quebradero de cabeza no merecía la pena.

—Yo lo necesito ahora, la feria cierra dentro de treinta minutos —dijo Keeley.

—Pues dile a Nicky que te lleve a casa. Seguro que anda cerca.

Nicky andaba cerca, claro. Eran las mejores amigas desde el jardín de infancia. La mayoría de la gente pensaba que Nicky era su gemela, no Zach. Sin embargo, no cederle el coche era una cuestión de principios. Keeley había conseguido las llaves primero, y por mucho que otra persona pudiera llevarla, el coche lo tenía ella.

En ese momento Nicky volvía de averiguar si había mucha cola en la noria.

—No hay mucha —dijo—, pero cierran dentro de veinte minutos, así que deberíamos ir yendo.

Las chicas nunca se perdían la feria, era la gran despedida del verano. Zach solía acompañarlas todos los años, pero dejó de hacerlo en cuanto empezaron la secundaria; decía que era cosa de críos.

—¿Lo ves? Ahora dame las llaves —dijo Zach, moviendo los dedos en la cara de Keeley—. Tengo cosas que hacer.

Keeley los apartó de un manotazo.

—¿Por qué tanta prisa?

—¿Qué más da?

Entonces lo comprendió.

—Vas a casa de Cort. —Era el mejor amigo de Zach. Organizaba fiestas legendarias cuando sus padres se ausentaban de la ciudad—. Creí que estaba fuera este fin de semana.

—Pues ha preferido quedarse en casa. —Rascándose la nuca, Zach dejó escapar un largo suspiro—. Mira, si me das las llaves, te dejo copiar los deberes.

Era una oferta tentadora, porque Keeley no había abierto un solo libro de texto en todo el verano. Matricularse en asignaturas avanzadas le había parecido buena idea en primavera, porque Zach y Nicky asistían a las mismas clases, pero el verano tocaba a su fin y le quedaba por hacer un año entero de tareas de nivel universitario… En fin, el arrepentimiento ganaba terreno poco a poco.

—Y te hago una semana de tareas en casa —añadió.

—Un mes —repuso su hermana.

—Dos semanas.

—Tres.

—Dos y media. —Cuando ella empezó a protestar, él le tiró de la coleta, como cuando eran pequeños—. Porfa, hazlo por mí.

Keeley sintió que se ablandaba. Maldita sea, Zach no jugaba limpio.

—Solo si me prometes que me llamarás si necesitas que vaya a por ti y te traiga a casa.

Zach no bebía mucho, pero cuando lo hacía, no tenía freno. A Keeley siempre la preocupaba que cometiera alguna estupidez, como conducir borracho. Era un pelma, pero era su hermano. No le deseaba nada malo. Si no lo vigilaba ella, ¿quién iba a hacerlo?

—¿Y me cubres con papá y mamá? —preguntó Zach.

Ella le lanzó las llaves.

—¿No lo hago siempre?

—Eres la mejor —le dijo por encima del hombro mientras se marchaba al trote.

—Creo que ya sé por qué tiene tanta prisa —comentó Nicky, apuntando hacia una pelirroja despampanante de tez clara y un escote con el que Keeley solo podía soñar. Zach se inclinó para susurrar algo al oído de la chica, luego le rodeó la cintura con un brazo y la condujo hacia la salida.

—En el coche no, ni loco. —Keeley rebuscó en su bolso, dispuesta a llamarlo por teléfono y leerle la cartilla. La última vez que Zach había subido a una chica al coche, Keeley encontró un sujetador en el asiento trasero—. Umm, Nicky… No tendrás tú mi móvil por casualidad, ¿verdad?

—Otra vez no —gruñó Nicky—. Es el tercero que pierdes en seis meses.

—No hace falta que me lo recuerdes. Yo estaba allí —dijo Keeley. El sermón de sus padres sobre la responsabilidad se le había grabado a fuego—. ¿Lo tienes?

—No me lo has dado.

Maldiciendo, Keeley cayó de rodillas al suelo y vació el bolso. Tenía que encontrar el teléfono. Sus padres se negarían a comprarle otro y no iba a empezar el último curso de instituto sin móvil, de eso ni hablar.

Nicky se agachó a su lado.

—Lo tenías cuando nos estábamos atiborrando de pasteles. Lo recuerdo porque Zach estaba mandándote mensajes.

—Es verdad. —Keeley dio el último mordisco al pastel, finiquitó el batido de vainilla, agarró el bolso y luego...—. ¡Mierda! Creo que me lo he dejado sobre la mesa.

Sus padres iban a matarla. El teléfono estaba nuevecito; ni siquiera había comprado la funda ni descargado aún ninguna aplicación.

Nicky la ayudó a recoger sus cosas.

—Solo ha pasado media hora. Puede que siga allí.

Mordiéndose el labio, Keeley miró hacia la noria. Era imposible atravesar a toda prisa el parque de atracciones hasta la zona de restaurantes y volver antes de que cerraran. Pero también era impensable no subir a la noria. Era la tradición. Levantándose de un brinco, Keeley se colgó el bolso al hombro y salió corriendo.

—Ponte a la cola —dijo gritando, haciendo caso omiso del confuso gañido de Nicky—. ¡Nos vemos allí!

Abriéndose paso entre la multitud, avanzó tan rápido como pudo, pero había demasiada gente. Al ver una vía despejada que rodeaba el perímetro del parque, se precipitó hacia el borde externo y recorrió a toda velocidad el resto del camino hasta la zona de restaurantes. Sin aliento,

Keeley localizó la mesa y aminoró la marcha, ambas piernas temblando.

—Quince minutos. Quince minutos para el cierre de la feria —anunció una voz por los altavoces.

—Por favor, por favor, por favor —canturreó. Pero cuando llegó a la mesa, estaba vacía. Frustrada, Keeley dio un puntapié a una silla y la volcó. La gente empezó a mirarla, algunas personas incluso sacaron sus teléfonos móviles para grabarla. Roja de vergüenza, Keeley se agachó para recoger la silla. Entonces vio un teléfono negro debajo de la mesa, oculto por unos hierbajos. «¡Sí!» La suerte le sonreía de oreja a oreja.

Cuando llegó a la noria, Nicky estaba casi al principio de la cola.

—¿Lo has encontrado? —preguntó mientras Keeley se abría paso a empellones.

Sonriente, Keeley levantó el pulgar. Nicky meneó la cabeza como si no pudiera creer en la suerte de su amiga. Y, sinceramente, Keeley tampoco. Menos mal que había encontrado el teléfono, porque, para colmo, aún no había introducido una clave de seguridad; y eso que Zach se lo había dicho desde el principio, pero ella ni caso. Lo mejor que podía hacer era no decir nada del incidente. No quería oír el típico «te lo dije». Odiaba esa frase. Sin embargo, ya se estaba haciendo a la idea, porque sabía que la oiría cuando Zach le pasara los deberes. «Pero ¿y si…?» Keeley miró a Nicky con detenimiento.

—Entonces… ¿cómo van los deberes? ¿Ya has terminado?

Una sonrisa cómplice.

—Pensaba que los copiabas de Zach.

—No puedo copiar palabra por palabra. Los profes se darán cuenta.

—¿Cuánto te queda? —preguntó Nicky.

Keeley contestó con expresión avergonzada:

—Todo. —Se había pasado el verano entero intentando empezarlos.

—¿Por qué será que no me sorprende?

—La procrastinación me estimula —insistió Keeley.

—Y te pone de los nervios. Si empiezas esta noche, te dará tiempo a terminar. Nos quedan casi dos semanas.

Nicky nunca dejaba nada para el último minuto. Iba casi tan preparada como Zach. La cola de la noria avanzó, y pronto fueron conducidas a la zona de carga. Una a una, las cabinas fueron parando a ras de suelo, y los pasajeros fueron subiendo y bajando. Cuando les llegó el turno, Keeley entró con cuidado en la bamboleante cabina y se sentó junto a Nicky. La noria las sacudió hacia delante cuando comenzó a girar.

—¿Y si vienes conmigo a la biblioteca mañana? —preguntó Keeley, pensando en convencer a Nicky para que le dejase echar una ojeada a algunos gráficos y estadísticas.

—Tengo escuela de verano, ¿te acuerdas?

Claro que se acordaba. Todo formaba parte de un plan de vida de diez años que Nicky había trazado una noche que se quedó a dormir en su casa. Keeley creyó que era un chiste hasta que Nicky se apuntó realmente a los cursos del colegio comunitario. Vale, Nicky no podría ayudarla con sus deberes, pero lo que sí podían hacer era salir juntas. La vida social de Keeley había sido prácticamente inexistente en verano.

—Bueno, ¿y si salimos a cenar después? Hay un pequeño café en el muelle que me muero por probar —sugirió Keeley.

Nicky la miró como pidiendo disculpas.

—Es que después he quedado con mi grupo de estudio. Vamos a pillar algo de comida en el campus y a preparar los exámenes finales. ¿Por qué no le preguntas a Zach? Si hay comida, seguro que se apunta.

—Se va de cena con el equipo.

Era deprimente saber que ambos tenían planes mientras a ella la dejaban con un palmo de narices. Le parecía que le hacían el vacío, y lo peor de todo es que ni se daban cuenta.

—Ya saldremos después de los exámenes —prometió Nicky.

La vuelta en la noria terminó y un sentimiento agridulce invadió a Keeley. El verano tocaba a su fin y próximamente cursaría el último año de instituto. Era emocionante, pero también aterrador. Su futuro era un gran signo de interrogación y desconocía la respuesta.

Capítulo 2

Me pregunto quién será

...

Esa misma noche Keeley siguió el consejo de Nicky y decidió abrir los libros de una vez. Tenía la esperanza de sentirse menos ociosa y fracasada si terminaba un ejercicio. Sin embargo, no habían transcurrido ni quince minutos cuando empezó a aburrirse. Prometiéndose que retomaría los deberes al día siguiente, apartó los libros a un lado de la cama y abrió su ordenador portátil: nada como mirar sus series favoritas para matar el aburrimiento. Más o menos hacia la mitad, sus párpados empezaron a cerrarse.

Llevaba dormida un tiempo indeterminado cuando el timbre del teléfono la despertó. Zach. La fiesta. La pelirroja. Medio grogui, respondió:

—Espero que el sexo haya valido la pena para despertarme.

Hubo una pausa breve.

—Vaya, esto sí que me parece interesante, cuenta, cuenta.

Keeley pestañeó y se tensó como un arco. Bizqueando ante la cruda luz de la pantalla, vio: «Número desconocido». Alarmada, preguntó:

—¿Quién eres? ¿Dónde está mi hermano? —*Tucker*, el perro de Keeley, que estaba tumbado a los pies de la cama, levantó la cabeza.

—No tengo ni idea y, sinceramente, no me importa.

—¿Y entonces por qué me llamas? ¿Y de dónde has sacado este número?

—Lo he marcado —dijo con un tono que destilaba obviedad.

Keeley estaba demasiado cansada para esa clase de tonterías. Lo mejor sería colgar.

—¿Hola? ¿Sigues ahí? ¿O te he perdido? —La voz hizo una pausa—. Mira, no sé en qué estás metida y no voy a preguntártelo, porque me rijo por una estricta norma de negación plausible, pero tienes mi teléfono y lo quiero de vuelta.

¿El tipo iba en serio? Keeley se retorció para mirar el reloj de la mesilla de noche.

—Primero, es la una de la mañana y no estoy metida en nada que no sea intentar dormir, cosa que, para que te enteres, has interrumpido de la forma más desagradable. Y segundo, no tengo tu teléfono.

—Y tanto que lo tienes —insistió el chico.

—No.

—El teléfono que tienes en la mano es mío. No tuyo. Mío —dijo articulando cada palabra.

Todo eso tenía que ser una broma.

—¿Te ha enredado mi hermano en esta historia? ¿Qué quiere, vengarse de mí? —Keeley cruzó las piernas y se inclinó hacia delante apoyando los codos en los muslos. Las puntas del flequillo, demasiado cortas para caber en la coleta, le cayeron a los lados de la cara—. Alucinante. No sé qué le pasa por la cabeza. —Le había ofrecido un buen trato a cambio de las llaves.

—¿Te importaría mirar en mi móvil y punto? —preguntó él con voz hastiada.

Keeley no sintió ni una pizca de compasión por ese chico, que estaba siendo muy grosero.

—Te veo arrastrándote cuando te demuestre... —Se tragó el final de la frase cuando la foto de un coche de carreras rojo rebrilló en la pantalla.

—¿Decías algo de arrastrarse...?

Keeley se negó a dejar traslucir su vergüenza.

—¿O sea que tú tienes mi teléfono? —preguntó.

—¿Tu fondo de pantalla es la foto de un perro marrón?

—Es *Tucker*. —El perro meneó la cola al oír su nombre. Dejando caer la cabeza entre sus rodillas, Keeley se preguntó cómo había podido suceder algo así. Un momento—. ¿Estabas en la feria esta noche?

—Vaya, no me digas que has estado en las terrazas de los restaurantes —preguntó él.

Y ella que pensaba que había encontrado el móvil porque la fortuna le sonreía. Y un cuerno. Se desplomó sobre su montaña de cojines con un gruñido.

—No estarás en el cuarto de baño ahora, ¿verdad? Porque si es así, voy a colgar.

—¿Qué? ¡No! —exclamó Keeley, horrorizada ante la idea—. Estoy en la cama.

—En ese caso, soy todo oídos. No omitas detalle.

El típico tío. Los amigos de Zach eran igual.

—¿Cómo sabes que no soy una abuela de ochenta años con dentadura postiza y en bata? —preguntó.

—Es imposible que tu voz sea la de una abuelita. Pero vale. Si no quieres decirme lo que llevas puesto, ¿qué tal si te digo lo que llevo yo? Nada más que mis bóxers de la suerte, que parece que funcionan.

—¿Y eso?

—Estoy hablando contigo, ¿no?

Keeley sonrió, aunque se dijo que no debía. Menudo tipo, no tenía vergüenza. Curiosamente, le entraron ganas de contestarle con los mismos modales.

—Ahí le he dado, ¿eh? —dijo él—. Directo al corazón.

—Tus ganas —mintió ella.

Él chasqueó la lengua.

—Decir mentiras es pecado. Sé que tengo un don, especialmente con las chicas.

Keeley puso los ojos en blanco.

—Eres un capullo creído, ¿a que sí?

—Tengo motivos, soy una máquina sexual, te lo aseguro.

—A lo mejor te estás pasando de capullo ya—repuso Keeley.

—¿Sabes? Igual deberías pensártelo dos veces antes de insultar a la persona que tiene tu teléfono. A ver, ¿a quién puedo gastarle una bromita telefónica a la una de la mañana? —Su voz sonaba amortiguada, como si tapara el auricular con la mano—. Mmm... ¿Abuela? ¿Tío Tom? ¿Prima Louise?

Esa era una jugada audaz. No se atrevería... ¿o sí?

—No olvides que yo también tengo tu teléfono —lo amenazó.

—Si quieres gastar bromas con mi teléfono, adelante. Puedo darte una lista y todo. Empieza por Marlene Baker. No hay manera de que me deje en paz.

—Pues no lo entiendo —replicó Keeley—. Llevo cinco minutos contigo al teléfono y no tengo ningunas ganas de repetir la experiencia.

—Pórtate bien, gatita, o si no... —advirtió.

—O si no, ¿qué? Y no me llames así.

—¿Y cómo debo llamarte entonces?

Keeley dudó. No lo conocía de nada.

—¿Asustada? —preguntó él—. Te digo mi nombre si tú me dices el tuyo.

—No estoy asustada —protestó ella—. Solo soy precavida. Podrías ser un asesino en serie o algo así. Ni siquiera sé cuántos años tienes.

—Voy al instituto. ¿Y tú?

—Igual. Yo...

Cuando quedó claro que ella no iba a decir ni una palabra más, el chico señaló:

—Tenemos que quedar de todas formas para darnos los teléfonos. ¿Dónde está el problema?

—Tú primero.

Él suspiró.

—¿Eres siempre tan complicada?

—¿Quién está esquivando la pregunta ahora?

Pasó un latido. Luego otro.

—Soy Talon.

—No es un nombre común —comentó Keeley, que nunca lo había oído. Quiso preguntarle su apellido, pero entonces él querría saber también el de ella, y cuando en la ciudad oían el apellido Brewer, inmediatamente pensaban en Zach. En cuanto alguien se enteraba de que eran hermanos, empezaban con el rollo de que era un jugador buenísimo y le hacían mil preguntas sobre sus planes de futuro. Le reventaba que lo más interesante de su persona fuera su hermano.

—Yo ya te he dicho el mío. Ahora te toca a ti, ¿cómo te llamas? —preguntó, pasando por alto su comentario—. Y no creas que te vas a escaquear.

Keeley vaciló, poco convencida de decirle su nombre a un completo extraño.

—Va, dímelo.

Tragó saliva:

—Keeley.

Él repitió su nombre en voz baja.

—Te pega.

Ella frunció el ceño.

—¿Y eso?

—Es un nombre bonito para una voz bonita —afirmó. Parecía el actor de una telenovela, dramático y completamente falso.

—Anda, déjalo. Es patético.

—No es patético —refunfuñó, esta vez con voz normal.

—Un nombre bonito para una voz bonita —lo imitó ella.

—Yo no he puesto esa voz. Mi voz es más profunda, más masculina —protestó él—. Yo... ¡Oye! ¿Qué risas son esas? —Keeley se desternillaba tanto que no podía responder—. Te voy a colgar como no pares —amenazó.

—¡Espera, espera! —consiguió decir Keeley controlando la risa—. Tengo una pregunta.

—No, no es verdad. Cuelgo.

—En serio. Una pregunta.

—¿Qué?

—Esa frase —dijo entre risitas, incapaz de contenerlas—, ¿te funciona de verdad?

—¡¿Quieres parar?!

—¿Eres uno de esos chicos que intenta ligar con chicas en el centro comercial y dice frases tipo —puso una voz más grave—: ¿Vienes mucho por aquí, cielo?

Silencio.

—¡Sí que lo eres!

Talon ni siquiera se molestó en responder y colgó, dejándola con el silencio. Keeley pensó en llamarlo al día siguiente para recuperar su teléfono. Mientras se acostaba, una pequeña parte de su ser se preguntó cómo sería Talon en persona.

Capítulo 3

No pienso suplicar

...

A la mañana siguiente, Keeley se despertó en medio de una bronca entre Zach y sus padres. Se sentó en el descansillo de la segunda planta, que daba al salón, y desde ahí observó el desenlace. Zach, vestido con la misma ropa del día anterior, estaba en el sofá con los brazos cruzados y el ceño fruncido. Su madre, sentada en una silla junto a él, sacudía la cabeza con disgusto, mientras que su padre se paseaba por la estancia arriba y abajo.

—¡Te podías haber matado! —rugió el padre.

—Papá...

—¿En qué estabas pensando? —Tenía la cara llena de manchas rojas.

—Papá...

—No pensabas, ¿a que no? ¡Te pusiste en peligro a ti y a todos los demás en la carretera!

Zach dio un manotazo contra el apoyabrazos de ante.

—Ya he dicho que lo siento. Llegué bien a casa. ¡No pasó nada!

«Y todos dicen que es el listo de la familia», pensó Keeley.

El rostro del padre adoptó tintes violáceos, y su voz, un tono bajo e irregular. En cierto modo, resultaba más aterrador que los gritos.

—Castigado un mes. No saldrás de casa si no es para ir a entrenar.

Zach se puso en pie de un salto.

—¡No puedes hacerme eso! Soy el capitán del equipo. Mi deber es ayudar a los jugadores nuevos…

—¡Pues deberías haberlo pensado antes de conducir bebido!

De modo que ese era el motivo de la pelea. ¿Por qué su hermano no la había llamado?

—Mamá, por favor —suplicó Zach—. Dile algo.

—Estoy de acuerdo con tu padre. Bastante mal está que bebas, pero ¿conduciendo? Deberías estar agradecido porque te dejemos jugar al fútbol.

Por un segundo pareció que Zach iba a discutirle, pero cerró el pico y subió las escaleras con altanería. Se detuvo en seco al ver a Keeley.

—¡Es todo por tu culpa! —siseó para que sus padres no lo oyeran.

—¿Yo qué he hecho?

—Lo sabes de sobra. Creí que nos cubríamos las espaldas. Supongo que me equivocaba, gemela.

El resentimiento en su voz la hizo levantarse.

—La cabreada debería ser yo. ¿En qué estabas pensando?

—¿Qué otra opción me quedaba? Me pasé de la hora del toque de queda. Si mamá y papá se enteraban, me habrían castigado.

—Pues me llamas a mí y no coges el volante.

—¿Estás de coña? Te llamé y te puse mensajes durante una hora y cuando finalmente te localicé, me colgaste.

Una mentira tras otra.

—Miente a mamá y a papá todo lo que quieras, pero a mí no. Seguramente querías impresionar a esa chica y...

Zach le plantó el móvil en la cara. Su nombre figuraba en cada línea de la lista de llamadas con la hora registrada entre las dos y las tres de la madrugada. La culpabilidad la golpeó con toda su fuerza.

—Zach, yo...

—Olvídalo —le dijo con desdén pasando de largo.

«Si algo malo le hubiese pasado...»

Este pensamiento la puso enferma.

—Espera, Zach —dijo, sujetándolo del hombro, pero él se zafó—. No recibí las llamadas —insistió, pero su hermano no se detuvo.

Había sido ese chico. Talon. Él tenía la culpa del cabreo de Zach. Keeley corrió a su cuarto y marcó el número de su propio teléfono, el que tenía él, pero le saltó dos veces el buzón de voz. Cinco segundos después, una ventana de texto se abrió en su móvil.

Ahora no puedo hablar. Solo escribir.

Le colgaste a mi hermano?!

Llamó a las 2. Pues claro que colgué.

Tendrías que habérmelo dicho. Era importante.

Más importante que mi bella durmiente?
No creo.

Me importa un pimiento. Condujo borracho a casa porque no pudo localizarme.

Ese no es mi problema.

Cómo puede darte igual? Y si llega a tener un accidente??

Por qué la pagas conmigo? Es tu hermano el que condujo ciego. No ha oído hablar de Uber?

Claro que había oído hablar de Uber. Pero teniendo en cuenta que sus padres eran quienes pagaban la factura mensual, no era cuestión de usarlo. Localizarían el cargo al instante. Talon no tenía derecho a juzgarlo.

A qué hora estás libre? Tenemos que devolvernos los teléfonos. Cuanto antes, mejor.

Hoy no. Voy de camino a un campamento de fútbol con mi equipo.

Seguro que lo había leído mal. Pestañeó y fue presa del pánico.

Por qué no me lo dijiste ayer? Podríamos haber quedado esta mañana.

A que ahora desearías no haberte reído de mí, eh?

¿Keeley no tenía su teléfono porque el chico quería venganza? No podía haber una razón más estúpida y más egoísta. Si sus padres lo descubrían, jamás volverían a comprarle otro móvil.

Lo que desearía es que no existieras. Cuándo vuelves?

Dentro de una semana.

Y qué voy a hacer hasta entonces?!

Soñar conmigo. Se rumorea por ahí que impresiono bastante, ya me entiendes. ;)

Keeley miró el emoji que le guiñaba un ojo. El chico era detestable, pero tenía que admitir que también era un poco gracioso. Gracioso en ese plan irritante de «te estás ganando un sopapo».

Seguro que la jugosa suma que has pagado a alguna chica para que diga eso valió la pena. Necesito mi teléfono.

Deja de preocuparte. Nos reenviamos los textos whatsapp y los mensajes de voz hasta que vuelva y ya está.

Ni en broma! Ya me has demostrado que no lo haces y no pienso permitir que me cotillees el teléfono.

Tiene su gracia que pienses que no lo he hecho aún. Solo 20 números? LOL. Patético.

Se oyó un golpecito en la puerta y su madre entró en el dormitorio.

—Qué bien, ya estás despierta. El desayuno está listo.

Cuando Keeley bajó al comedor, Zach estaba sentado a la mesa. Intentó atraer su mirada para poder explicarle toda la debacle con Talon, pero él la esquivaba aposta. Keeley sintió un cierto pesar, pero lo alejó. ¿No estaba dispuesto a escucharla? No pasaba nada, ya lo intentaría más tarde.

Su madre entró en la cocina con una montaña de tortitas.

—¿No vas a sentarte?

—Estaba viendo si necesitamos sirope o algo —respondió Keeley. Forzando una sonrisa, se sentó en su sitio de costumbre, frente a Zach.

El desayuno fue incómodo. Zach actuó como si Keeley tuviese la peste o algo de eso. Si ella alargaba el brazo para servirse una tortita, él se aseguraba de no estar cerca del sirope. Si ella cogía una salchicha, las manos de él se apartaban de repente del kétchup. Era ridículo, y la reconcomía por dentro. Keeley cogió su plato y se puso en pie.

—Ya he terminado.

—Puedes dejarlo en la mesa. Zach fregará los platos —informó el padre.

—No pasa nada, yo puedo...

—Déjalo —ordenó el padre.

Keeley lanzó una mirada a Zach, pero los ojos de su hermano no se despegaban del mantel. Keeley no podía decir nada, no delante de sus padres, así que dejó el plato encima de la mesa y se fue al salón. Por costumbre, miró su móvil para ver si tenía noticias de Nicky, pero lo que encontró fue un torrente de textos de Talon.

He herido tus sentimientos?

Sigues pasando de mí?

Un elefante se balanceaba sobre la tela de una araña, como veía que no se caía fue a llamar a otro elefante

Dos elefantes se balanceaban sobre la tela de una araña, como veían que no se caían fueron a llamar a otro elefante

Tres elefantes se balanceaban sobre la tela de una araña, como veían que no se caían fueron a llamar a otro elefante... Me puedo pasar todo el día con esto, sabes?

Keeley negó con la cabeza y revisó los otros veinte mensajes que decían lo mismo.

Eres la canción que no tiene fin.

Dónde estabas? Te echaba de menos.

No se supone que tendrías que estar jugando al fútbol en vez de incordiarme?

Voy en el bus. 3 horas más hasta llegar al campamento, soy todo tuyo. Tengo todos los elefantes que quieras. ☺

Keeley tenía muchas otras cosas de las que ocuparse antes que él. Que Zach le dirigiese la palabra, para empezar.

Keeley se sobresaltó cuando su madre se hundió en el sofá a su lado. Silenció el teléfono a toda prisa y lo puso boca abajo. Su madre sospecharía algo si veía tantos mensajes, sobre todo viniendo de su propio móvil.

Le apartó algunas mechas de la cara.

—¿Qué pasa?

Fueran cuales fuesen los problemas entre ella y Zach, nunca lo delataría.

—No es nada importante.

—¿Tiene que ver con lo de anoche?

—En serio, mamá. Ya se nos pasará. Ya nos conoces a Zach y a mí: nos peleamos y a los cinco minutos ya hemos hecho las paces.

Su madre no se movió, esperando claramente a que Keeley le contara más, pero al ver que no lo hacía, le dio una palmadita en la rodilla.

—Vale, como quieras, pero estoy aquí si necesitas hablar.

Keeley esperó a que saliera de la estancia para revisar el teléfono. Veintiún mensajes. Menos mal que había contratado mensajes ilimitados.

Cuarenta elefantes se balanceaban sobre la tela de una araña, como veían que no se caían fueron a llamar a otro elefante...

No tienes compañeros a quienes darles la murga?

Muchas chicas matarían por la oportunidad de mensajearse conmigo, sabes?

Pues incórdialas a ellas.

No puedo. Tienes mi móvil, recuerdas? Empiezo a pensar que tienes serios problemas de memoria.

Mi único problema eres tú. Como no tenemos más remedio que aguantarnos, creo que debemos prometer que nos reenviaremos los mensajes y las llamadas perdidas.

Ya te lo he propuesto, pero has pasado de mí.

Keeley repasó los mensajes. Tenía razón. Estaba tan preocupada por Zach que no había hecho caso a su sugerencia.

Pues ahora te digo que sí.

Te has dormido en los laureles, gatita. Me parece que tengo la sartén por el mango.

En eso se equivocaba. Él controlaba su teléfono, pero ella controlaba el suyo.

Si no me pasas todos los mensajes, yo no te pasaré los tuyos.

Perfecto.

Un momento. ¿Qué?

Te da lo mismo?

Ya les he dicho a mis padres que aquí hay mala señal, así que nos comunicamos por e-mail.

Pero... ¿y sus amigos qué? Pues claro, si era como Zach, la mayoría de sus amigos formarían parte del equipo. Maldita sea. ¿Y ahora qué? Se negaba a suplicarle.

Supongo que tienes que probar otra técnica para convencerme. Los piropos te abrirán todas las puertas. 😉

Keeley prefería comer tierra antes que inflarle el ego.

No llego a ese punto de desesperación ni tú de suerte.

Creo que acabas de lanzar un reto. A jugar, Keeley. A jugar.

Tanta guasa la puso furiosa. Estaban juntos en este lío. El chico debería estar ayudando en vez de usar su teléfono para aprovecharse.

Keeley necesitaba airearse. Pensó en proponerle a Nicky que fueran al cine, pero recordó que estaba en clase. Le dejó dos mensajes largos de voz, desahogándose sobre Talon y Zach. Luego se llevó a *Tucker* al parque, lo que tampoco le hizo sentirse mejor. No tenía una solución para Talon, Zach seguía enfadado con ella y no había terminado ni una sola de las tareas del verano para clase. En resumidas cuentas, un mal día.

Por la noche estaba en su dormitorio releyendo uno de sus libros preferidos cuando oyó a su hermano. Corrió al pasillo, pero él pasó rozándola y cerró la puerta de su cuarto de un portazo. Ya era suficiente. Nunca se había ido a la cama enfadada con él y no iba a empezar a ahora.

Cuando entró, Zach estaba en la cama, garabateando en un bloc de papel. Keeley fue directa al grano:

—Zach, siento lo de anoche. Sé que estás cabreado, pero no pasé de tus llamadas adrede. —Hubo una ligera vacilación en la escritura de Zach y Keeley lo interpretó como una buena señal—. Supongo que estás trabajando en las jugadas del partido amistoso de mañana. Siempre Don Preparado —bromeó, echando una ojeada al papel. Él giró la hoja para que ella no pudiera ver nada—. Vale. Mm... ¿mañana podrías dejarme en la biblioteca de camino al partido?

—No me viene de camino exactamente —señaló.

Ella estaba intentando ser simpática, ¿no podía molestarse él en hacer lo mismo?

—¿Hasta cuándo piensas seguir así?

—¿Seguir cómo?

—Zach, anoche no recibí tus llamadas. Si lo hubiera hecho, habría ido a recogerte. Lo sabes.

Zach sacó la barbilla.

—No tenía pensado beber anoche, pero lo hice. Pensé que no pasaría nada porque me habías prometido recogerme. Pero no lo hiciste. Fin de la historia.

Keeley entendía que estuviera disgustado, pero se comportaba como si toda la culpa fuera de ella.

—Siento no haber recibido tus llamadas, y es un rollo que te hayan castigado, pero tú decidiste conducir. Nadie te obligó.

—Como quieras. Tengo que terminar esto —dijo, volviendo a su cuaderno.

Keeley se quedó de pie incómoda, mirándole la espalda.

—Vale, pues... buenas noches, Zach.

Su silencio la siguió de vuelta a su dormitorio.

Capítulo 4

Tengo la sartén por el mango

• • •

La negativa de Talon a que se reenviaran los mensajes la fastidiaba. Keeley se pasó dos días pensando en cómo conseguir que diera su brazo a torcer, pero no se le ocurrió nada. Para colmo, el chico seguía enviándole artículos tipo «Veinticinco cumplidos para el hombre que amas» y «Diez formas de decir que lo sientes». Diez formas de patearle el trasero, eso le vendría mejor.

—Oye, nena. ¿Qué haces ahí fuera? —le preguntó su padre abriendo la puerta mosquitera que daba al patio trasero.

Keeley levantó la cabeza de la hamaca.

—Pensando.

El padre se sentó bajo la sombrilla que daba sombra a su hija.

—¿Y cómo van los deberes? ¿Los habrás terminado antes de que empiecen las clases?

—Me falta poco —contestó con una evasiva. Si se enteraba de la verdad, no la dejaría salir de casa. Tampoco es que tuviera ningún sitio adonde ir, pero bueno.

—Sé que es mucho trabajo, pero estas tareas avanzadas te ayudan a prepararte para el último curso. Y no solo eso, son buenas para tu expediente. Las universidades valoran que hagas deberes exigentes. —La universidad era un tema delicado en su familia. Un tema que la hacía sudar tinta china. Keeley le lanzó un juguete a *Tucker*, deseando distraer a su padre, pero este le preguntó—: ¿Sigues pensando en ir a la Costa Este?

—¿Y qué si es así?

La decepción del padre era evidente.

—Zach quiere estudiar en alguna universidad de la Costa Oeste.

—Zach quiere estudiar en alguna universidad que tenga fútbol —le corrigió, pero sabía que su preferencia era una universidad a tres horas de distancia, famosa por su programa de fútbol. Muchos jugadores eran reclutados después de graduarse.

—Él quiere ir a la misma universidad que tú.

Zach le robaba su necesidad de marcharse por su cuenta. No entendía que no tenía que ver con él, sino consigo misma. Adoraba esta ciudad costera, pero quería saber qué había más allá.

Su padre continuó:

—Me quedaría más tranquilo si estuvierais juntos.

—Papá, sé cuidarme solita.

—No eres tú quien me preocupa —reconoció.

Keeley lo escuchó con sorpresa. Todo el mundo creía que su hermano era el más capacitado de los dos gemelos.

—Zach lo llevará bien. Siempre le…

—¿Qué es lo que llevaré bien? —preguntó Zach saliendo al patio con una bolsa de patatas. Acababa de volver del entrenamiento; llevaba la ropa sucia y el cabello chorreante de sudor. Cuando estuvo cerca de ella, sacudió la cabeza, salpicándola. A juzgar por su mirada engreída, era consciente de ello también, pero a Keeley no le importó. Era la primera emoción verdadera que le mostraba en días.

—Llevarás bien que Keeley vaya a otra universidad —le dijo su padre.

A Zach no le sentó bien oír eso.

—¿Sigues en la fase Costa Este?

—No es una fase.

—Es una estupidez. Nadie elige universidad basándose solo en la ubicación.

—¡Tú la eliges solo por el fútbol!

—No es lo mismo. A mí me van a dar una beca.

—Aún no tienes ninguna oferta —señaló Keeley.

—La tendré. Y cuando gane el campeonato estatal de este año, será incluso más. Probablemente la beca completa.

Por el rabillo del ojo, Keeley vio la esperanza en la cara de su padre. Su familia no era rica, desde luego, pero tampoco eran pobres. ¿Tenían problemas de dinero?

—¿No me crees capaz? —preguntó Zach, malinterpretando su silencio. Hubo un destello de dolor en sus ojos, que duró un segundo.

—Yo no he dicho eso.

—Sí, lo has dicho. ¿Cómo puedes pensar...?

Keeley lo interrumpió, sabiendo que su hermano no cerraría el pico si cogía carrerilla.

—Sí que puedes ganar. Eres el mejor quarterback que hay. —Por supuesto, no tenía ni idea de si era o no cierto, pero como hermana era su deber decirlo.

—Keeley, no pasa nada por enviar solicitudes a varias universidades —insistió su padre—. Además, puede que no te admitan en ninguna de la Costa Este.

—¡Pero bueno, pues claro que sí!

—No con tu puntuación en el SAT[1] —dijo su hermano, pensativo.

—No son tus notas, pero tampoco un desastre. —Su comprensión lectora y escrita eran buenas, y todavía le quedaba tiempo para recuperar matemáticas.

—Te dije que si quieres repaso contigo —le recordó Zach. Era una oferta tentadora, si quería que le gritaran.

—No hay nada malo en querer vivir en otro lugar —insistió ella, negándose a sentirse mal. ¿Por qué la gente se tomaba tan a la tremenda que quisiera probar algo nuevo?—. Papá, ¿no eras tú quién me decía que saliera de mi zona de confort?

—Supongo que sí —reconoció el padre—. Pero entonces tendrás que aguantar a tu anciano padre refunfuñando porque va a perderte.

—Estás bastante viejo —bromeó Zach.

—Y te crujen las rodillas al levantarte —añadió Keeley.

—Y pensar que quería tener hijos —se quejó el padre metiéndose en la casa.

Como Zach no le siguió, Keeley le lanzó una mirada tímida.

—Entonces...

Algunos mechones le taparon los ojos y Zach se los apartó a un lado.

—Tengo que segar el césped, si puedes mover un poco la hamaca...

Decepción al canto.

—Sí, claro. Me estoy empezando a quemar. —Mien-

1. El SAT es una prueba de aptitud escolar requerida por algunas universidades de Estados Unidos y Canadá (*N. de la T.*).

tras la ayudaba a mover las cosas, le cayeron más mechones en los ojos—. Necesitas un corte de pelo —observó Keeley. Nunca se lo había dejado tan largo. A Zach le gustaba ir perfectamente aseado; nada que ver con el estilo de su hermana, informal y desenfadado.

—Me apetece probar otra cosa.

Keeley se quitó una pinza del pelo.

—Toma. Te servirá.

Zach se recogió algunos mechones y se los sujetó en un moño.

—Como se lo digas a alguien, estás muerta.

—Claro que no. Por nada del mundo arruinaría tu preciosa reputación —bromeó.

—Oye, no te burles. La reputación es importante.

Keeley se preguntó si eso era cierto para todo el mundo, incluso para alguien como Talon. «¡Pues claro! —se dijo cuando le vino la idea—. No sé cómo no se me ha ocurrido antes.» Su reputación era la clave. Tenía que sacar a la luz sus trapos sucios. ¿Qué secretos escondía?

Una vez en su dormitorio, cogió el teléfono de Talon y miró sus álbumes de fotografías. Para ser un chico arrogante, tampoco tenía muchas. Y ni una sola donde saliera él o sus amigos. Una foto especialmente colorida llamó su atención y la amplió con el zoom. «¿Son Píos? —pensó, reconociendo los dulces de malvavisco con forma de pollos espolvoreados de azúcar—. ¿Disfrazados de... piratas?» Estaban colocados delante del dibujo de un barco pirata, luchando con palillos. Recorrió el álbum y vio otras fotos similares donde los Píos iban disfrazados de otros personajes, como Luke Skywalker de *Star Wars*. Eran... graciosos. De una manera curiosa. No era lo que esperaba descubrir, desde luego. Y nada que pudiera utilizar en su contra, porque ni siquiera tenía la más remota idea de lo que significaban todas esas fotos.

Keeley echó un vistazo a la música, pero no encontró grupos horteras. Sin embargo, su selección de música country era destacable, lo que podría explicar su forma de hablar, arrastrando las palabras al modo sureño. A continuación le cotilleó las aplicaciones, pero quedó estupefacta: no tenía ninguna red social. Ni Instagram, ni Twitter, ni Snapchat. ¿Qué le pasaba a este chico? Era como si viviera en la Edad Media.

El teléfono de Talon se puso a sonar, y cuando Keeley vio quién era, casi no se lo cree. Esta podía ser la oportunidad que estaba esperando.

—¿Es usted... la madre de Talon? —preguntó.

—¡Oh! —exclamó la mujer, a todas luces desconcertada por el saludo—. Sí, cariño, la misma. Pero tú no eres mi hijo, ¿verdad cielo? —Su voz era cálida y sugerente, con un ligero deje rural.

—No, señora. Mi nombre es Keeley.

—Nada de «señora» —la regañó amablemente—. Seré madre, pero aún no me ha salido ni una sola cana. Llámame Darlene, hija.

Keeley no imaginaba con qué se iba a encontrar, pero desde luego no era esto.

—Sí, seño... quiero decir, Darlene —se corrigió.

—¿Te importaría explicarme por qué respondes tú al teléfono de mi hijo? Se supone que está en el campamento de fútbol.

Keeley le explicó rápidamente el contratiempo en la feria y cómo habían confundido los teléfonos.

—Pues estáis en un buen aprieto. Ojalá me lo hubiese dado a mí. Yo podría haber quedado contigo para devolvértelo. Me pregunto por qué no me dijo nada antes de irse. Seguramente quería seguir hablando contigo. Seguro que eres monísima.

—Pues no sé qué decirle —rio Keeley—. Sinceramente, pienso que Talon solo quería vengarse de mí.

—¿Talon? —preguntó la madre.

—Um... sí. Usted es la madre de Talon, ¿no?

—Sí, sí, hija. Perdona, me ha parecido que decías otra cosa. A ver, ¿y qué es eso de que mi hijo quiere vengarse de ti?

Keeley no podía contarle a Darlene la primera llamada, que se había cachondeado de su hijo llamándolo listillo y todo lo demás. En cambio, mintió y dijo:

—No es nada.

—Este chico... —suspiró Darlene—. Igualito que su padre. Siempre dando rienda suelta a sus emociones. Y mira qué era bueno de pequeño. ¿Qué ha pasado? ¿Qué he hecho mal?

—Mmm...

—Nunca trae a sus amigos a casa ni me cuenta nada de su vida.

—Darlene...

—Y no te creas que no me he dado cuenta de cómo tontea con todas esas chicas. Vuelve a casa con manchas de carmín en el cuello. Es que ya no sé qué hacer con él. Es como si no me quisiera cerca. Ni siquiera ha aceptado mi invitación de amistad en Facebook. Tú no le harías eso a tu madre, ¿a que no?

—Pues... yo... —Su madre no sabría ni cómo acceder a sus mensajes de voz en el móvil, y mucho menos a Facebook. Le daba gracias a Dios por ello.

—Pues claro que no lo harías, hija. Se nota. Tu madre tiene suerte —Darlene aspiró aire por la nariz—. ¿Puedes creer que me obliga a sentarme al final de las gradas cuando juega un partido? Dice que le da vergüenza. ¡Mi propio hijo! No veo por qué. Solo era un disfraz de Dolly Parton. ¡Y estábamos casi en Halloween!

Keeley sintió vergüenza ajena. Tendría que haber sentido algo de pena por él, pero esta era exactamente la clase de información que necesitaba para conseguir que cooperase. Se rio como si la madre acabase de contarle el mejor chiste de todos los tiempos.

—Me hubiese encantado verlo.

—Puedo enviarte una foto, cariño. ¿Quieres que te la envíe por mensaje al teléfono de Talon?

—Eso sería perfecto. ¡Gracias! —dijo Keeley, sintiéndose casi culpable—. Darlene, tengo que irme, pero ha sido un placer hablar con usted.

—Para mí también. Ahora a cuidarse.

Mientras esperaba la foto, envió un mensaje a Talon.

He tenido una conversación de lo más interesante con tu madre. Le gusta hablar. Y mucho.

Ahora a dejar que se las compusiera con este mensaje un buen rato. Keeley entendía por qué Talon le había enviado todos esos artículos. Provocar a alguien era divertido.

Keeley se dio una palmada en la boca cuando vio la foto de Darlene. Horrorosa, verdaderamente horrorosa. Peor que eso, lo peor. Lógico que Talon estuviera avergonzado. Pero Keeley debía admitir que Darlene llevaba su disfraz de Dolly con mucha seguridad en sí misma, algo de lo que ella nunca se habría visto capaz.

Qué te ha dicho mi madre?

Hola?

Estás?

Qué ha dicho?

Era divertido verlo retorcerse.

Bueno, bueno. El gran Talon humillado por su mami.

Keeley! Qué te ha dicho?

Keeley le envió la foto de Darlene. Su respuesta fue inmediata.

No serás capaz.

Quién tiene la sartén por el mango ahora?

Vale. Te reenviaré mensajes y llamadas.

Sabía que lo entenderías.

Eres increíblemente irritante y pesada, lo sabías?

Viniendo de ti es un cumplido.

Si querías un cumplido, gatita, no tenías
más que pedirlo. Te lo haré con gusto.

Creo que ya has hecho bastantes. Tu madre
me ha contado lo de las manchas de carmín.

Celosa?

En lugar de responder, Keeley le envío un artículo: «Doce señales para saber que no le gustas».

Capítulo 5

Hablo con un perro

•••

Esa noche, Keeley estaba profundamente dormida cuando un timbre desconocido sonó en su oído. Con los ojos aún cerrados, metió la mano debajo de la almohada y sacó el teléfono.

—¿Sí?

—Tu hermano es un pesado —murmuró Talon, con una voz ronca de sueño.

—¿Me lo dices o me lo cuentas?

—Quiere que lo recojas en casa de alguna tía. Chloe no sé qué.

—¿Está en otra fiesta?

—Dice que se ha escapado con uno de sus colegas.

¿En qué estaba pensando Zach? Lo habían castigado. Como sus padres lo pillaran, le iba a caer encima una buena. Lo amenazarían con sacarle del equipo de fútbol si se saltaba otra regla.

Keeley se desenredó de las sábanas, fue al armario y cogió lo primero que encontró: una sudadera azul de su instituto, Edgewood High. Desentonaba con sus pantaloncitos de pijama de lunares naranjas, pero estaba demasiado cansada como para preocuparse de eso. Fue a ponerse las sandalias, pero no estaban; *Tucker* debía de haberlas enterrado en el jardín otra vez. Solo pudo encontrar las botas de agua que su padre le había regalado por Navidad. Se las calzó, se deslizó por delante del dormitorio de sus padres y bajó las escaleras.

—¿Sigues ahí? —le susurró—. ¿Qué hora es?

—Las dos y media. ¿Por qué te llama a estas horas?

—Va borracho.

—¿Y?

—No puede conducir.

—A ver si me aclaro. ¿Te llama y tú lo dejas todo para ir a ayudarle?

Keeley frunció el ceño ante el tono de su voz.

—Soy su hermana. ¿No harías tú lo mismo?

—Se ha metido él solo en el lío. Digo yo que podrá salir solo.

Keeley cogió las llaves del coche de la mesa de la cocina y fue de puntillas hasta la puerta de la entrada.

—Eres hijo único, ¿verdad?

—Eso es lo de menos. Deberías dejar de hacerle de chófer personal y demostrarle un amor más firme.

—No voy… —*Tucker* corrió tras ella, creyendo que lo sacaban de paseo. El perro gimió cuando Keeley abrió la puerta, colándose entre sus piernas. Mientras lo acallaba, Keeley miró hacia la escalera para ver si sus padres se habían despertado. Como el dormitorio seguía a oscuras, espantó a *Tucker* con la mano.

—Ve a mi cuarto —le ordenó en voz baja.

—Pensé que nunca me lo pedirías —respondió Talon—.

Sabía que tanta queja solo podía ser una fachada. Nadie puede resistirse a mis encantos.

—Estaba hablando con el perro —siseó ella mientras cerraba silenciosamente la puerta y se apresuraba hacia el coche—. Aunque tenéis un parecido asombroso.

—¿Y cómo sabes eso? Nunca me has visto.

—Físicamente puede que no, pero me refiero a la personalidad. Quiero decir que a los dos os gusta la caza y tú pataleas como un crío cuando te quitan tu juguete favorito. Por no hablar de la necesidad constante de atención y caricias.

—Tienes razón. Necesito un montón de caricias.

—Estoy hablando de tu ego, pervertido.

Talon se echó a reír. Increíble.

—¡Cállate, tío! —gritó una voz de fondo. Talon debió de tapar el teléfono con la mano porque Keeley solo pudo oír algunos sonidos amortiguados. Después no se oyó ni el vuelo de una mosca y al final Keeley oyó una puerta que se cerraba.

Vaciló antes de preguntar:

—¿Talon?

—Perdona, mi compañero es un imbécil y me ha echado.

—Me sorprende que le hayas dejado.

Talon no parecía la clase de chico que se dejara intimidar. Keeley encendió el motor del coche y puso el manos libres. Salió del camino de entrada a su casa y aguardó a llegar al final de la calle para encender las luces.

—El entrenador ha redoblado los entrenamientos y todo el mundo está rendido.

—Pues entonces deberías dormir.

—No estoy cansado. Además, estoy hablando contigo.

—¿Así que soy tu chute de cafeína? —bromeó Keeley. Se quedó helada cuando comprendió cuán coqueto había sonado eso. A decir verdad, toda la charla había tenido un cariz juguetón. No estaba segura de qué pensar al respecto.

—Algo así —contestó él—. Vuelve a explicarme por qué siempre sales corriendo al rescate. ¿Qué control tiene tu hermano sobre ti?

—¡Ninguno! Lo hago para cubrirle las espaldas, y él me cubre las mías.

—¿Qué ha hecho él por ti?

—¿Por qué quieres saberlo? No es de tu incumbencia —repuso.

—Tengo curiosidad.

—Y la curiosidad mata al gato.

—Pues menos mal que soy un perro, ¿eh?

Su respuesta fue tan inesperada que Keeley no pudo contener la risa.

—Bueno, al menos lo reconoces.

Aparcó un par de casas más abajo de la de Chloe.

—Esta conversación es muy estimulante, pero tengo que irme.

—¿Ya has llegado?

—Por desgracia —suspiró, sorteando un charco de vómito en la acera. Odiaba este tipo de fiestas, en las que todo el mundo iba borracho y babeaba.

—No pareces muy contenta. Lo entiendo perfectamente.

—¿Lo entiendes?

—Pues claro. Yo tampoco estaría contento de decirme adiós.

Keeley puso los ojos en blanco.

—Buenas noches, Talon.

—No me eches mucho de menos.

Después de colgar, Keeley esquivó a saltos las copas de plástico rojo esparcidas por la entrada y asomó la cabeza en el salón. Varias parejas se estaban dando el lote en los sillones y las sillas. Arqueó una ceja cuando vio a una en particular: Randy, su ex, y Allison Lineberry, la capitana del equipo de fútbol femenino.

—¡Keeley! —Levantó la vista y vio a Cort, el mejor amigo de Zach, que se acercaba a ella tambaleándose. Keeley levantó los brazos automáticamente para estabilizarlo—. ¿Qué estás haciendo aquí? —gritó más alto que la música.

—Estoy buscando a Zach —dijo, mientras recibía un tufillo a cerveza y ron. Cort colocó sus dos manos sobre los hombros de la chica y rio—. ¿Qué? —preguntó ella.

—Estás graciosa —dijo mirándola de arriba abajo.

Correcto. Sus botas de agua y el pijama a lunares. Lo había olvidado por completo. Pero no había ido allí a impresionar a nadie. Keeley levantó la barbilla y dijo:

—Gracias. ¿Has visto a Zach?

Cort se la llevó a la cocina y la empujó delante de un grupo de jugadores de fútbol.

—Mirad quién está aquí —anunció, exhibiéndola como un premio de feria.

—¡Keeley! —la saludaron, chillando como si estuvieran en un concierto y no en una casa. Ella levantó la mano a modo de hola silencioso. Los amigos de Zach habían ido a su casa innumerables veces durante los últimos tres años. Cort le plantó delante un vaso rojo, pero Keeley no dio un solo sorbo.

—¿Has visto a Randy? —preguntó Cort.

—Difícil no verlo.

Verlo le había traído una avalancha de recuerdos de cuando salían juntos. Le parecía fácil hablar con él, y divertido, hasta que empezaron a quedar con sus amigos. Randy se empeñaba en que fueran a las fiestas y contaba chistes groseros que chocaban a Keeley. Cuando estaban solos, volvía a ser como antes, y por eso siguió con él. Pero una noche oyó por casualidad a sus amigos hablando mal de ella, y Randy no dijo una sola palabra para defenderla. Keeley cortó con él al día siguiente, aunque seguía dándole vueltas. «¿Qué falla en él? —se preguntaba—. ¿Y qué falla en mí?»

—¡Tío, el fútbol va a arrasar este año! —exclamó alguien. Como siempre, la mención del fútbol atrajo el interés de todo el mundo.

—¡Edgewood a por la victoria!

—¡Este año va a ser épico!

Keeley tenía que encontrar a Zach y salir de la casa. Cuando se ponían así, podían volverse locos.

Los chicos empezaron a concentrarse y Keeley hizo mutis por el foro. Se sentía incómoda y fuera de lugar cuando se daban palmadas en la espalda unos a otros y entonaban algún canto que ella nunca había oído.

—¡Edgewood machacará a Crosswell! —gritó Cort, levantando las dos manos y echándose cerveza por encima. Una clamorosa ovación estalló. La rivalidad entre Edgewood y Crosswell era legendaria. Nadie sabía cómo había empezado ni por qué, pero eso era lo de menos. El mayor acontecimiento del año era el cara a cara entre los equipos de fútbol de los dos institutos.

—¿He oído algo sobre machacar a Crosswell? —Un Randy sonriente entró pavoneándose en la cocina con Allison—. Porque brindaré por eso. —Se le borró la sonrisa cuando vio a Keeley—. No sabía que ibas a venir.

Le habría inquietado un poco, pensó Keeley.

—He venido porque Zach me ha llamado. ¿Sabe alguien dónde está? —preguntó.

Allison sonrió tímidamente.

—Está con Gavin.

—¿Con quién?

Cort desvió la mirada hacia ella.

—Su coleguita. Ya sabes, el novato que le ha tocado.

—Era tradición que a los jugadores novatos les asignaran a un compañero de equipo veterano. Teóricamente debía ser un programa de tutoría, pero los jugadores los usaban para que les limpiaran el coche y les trajeran el almuerzo.

—¡Keels! Has venido —dijo Zach con una sonrisa tonta. Tenía las mejillas coloradas y los ojos rojos. Luego la levantó del suelo y empezó a darle vueltas. No había estado tan simpático con ella desde la pelea.

Keeley le obligó a bajarla al suelo cuando notó que se mareaba.

—¿Estás listo para irnos?

—No hasta que conozcas a mi pequeñín. —Zach chasqueó los dedos en el aire y le hizo seña de acercarse a un chico pelirrubio. Era tan alto como su hermano, pero sin sus músculos ni su peso. Tenía más pinta de corredor de fondo que de jugador de fútbol—. Keels, te presento a Gavin. Gavin, mi hermana gemela, Keeley.

—¿Qué tal? —dijo Keeley, percibiendo sus hombros encorvados y su mirada bizca.

El chico farfulló algo vagamente parecido a un «hola» y se alejó. Zach negó con la cabeza y luego soltó un prolongado suspiro que sacó los colores a Gavin. Keeley sintió compasión por él. Si ni siquiera era capaz de manejar a su hermano, al pobre lo fulminarían en el campo.

Cuando salían, le vino una idea a la mente.

—¿Gavin necesita que lo acerquen a casa?

Zach abrió los ojos como platos y se tambaleó.

—Seguro que se apaña. Hay un montón de gente que puede llevarle.

—¿Y entonces por qué no has hecho tú lo mismo? —Ella podría estar durmiendo en la cama.

—Tú estás aquí…

—Ya, pero no debería —murmuró para sí Keeley, entrando en el coche. Mientras conducía de vuelta a casa, sintonizó una emisora de radio que les gustaba a los dos. Pero cuando la canción favorita de Zach empezó a sonar y él no la coreó, Keeley supo que le pasaba algo. Bajando el volumen, dijo—: Vale. ¿Qué pasa? —¿Habría oído su comentario? No quería una nueva pelea.

Zach le lanzó una mirada furtiva.

—Nada.

La preocupación de Keeley aumentó. Si estuviera enfadado con ella, se lo diría.

—Cuenta. Quiero saberlo.

—No puedo. No quiero que te cabrees. Prométeme que no te cabrearás.

—Lo intentaré —dijo, cada vez más recelosa. ¿Habría hecho algo estando demasiado borracho como para saber lo que hacía?

Zach tragó saliva y confesó:

—Te he conseguido una entrevista y una visita guiada a Barnett la semana que viene. —La Universidad de Barnett era conocida por tres cosas: sus playas bonitas, las notas altas de acceso y el fútbol. Ninguna de las tres interesaba a Keeley. ¿Por qué diablos había hecho algo así?—. ¡Por eso lo mantenía en secreto! —dijo señalando la cara de su hermana.

¿En serio le sorprendía tanto? ¡Había actuado a sus espaldas! Keeley sintió que le hervía la sangre. ¿Por qué creía saber qué era lo mejor para ella?

Zach habló apresuradamente.

—Sé que no quieres ir allí, pero escúchame. He estado hablando con uno de sus reclutadores de fútbol, y dice que tienen programas buenísimos para los alumnos nuevos que no saben en qué especializarse. Te presentan un montón de cursos diferentes y así vas viendo qué te gusta.

—No tengo ni idea de adónde quiero ir —dijo Keeley. Barnett no estaba en su lista. Tampoco estaba fuera de su lista, pero quería ser ella quien tomara la decisión. No su hermano.

—Por lo menos podrías hacer la visita y que te enseñaran el campus. Nunca se sabe. A lo mejor resulta que te gusta de verdad —intentó convencerla.

Keeley recordó el alivio en el rostro de su padre cuando Zach mencionó la posibilidad de obtener la beca. Una universidad de California saldría más económica: era matrícula estatal.

—Venga, Keels. Me ha costado mucho conseguirlo. No quedaban plazas y le he suplicado al reclutador. Incluso he conseguido un hueco más por si quieres ir con alguien a la visita...

—Como Nicky —sugirió ella. Seguro que Zach estaba hablando de él, pero eso no era una posibilidad. Además, él ya había visitado Barnett. No necesitaba ir dos veces.

—Claro —dijo frunciendo el ceño. Por alguna razón, Nicky no era de su agrado precisamente.

—¿Qué te pasa con ella?

—Nada. Entonces, ¿irás a Barnett? ¿A echar un vistazo? —insistió.

—Está bien. Iré. —Todo con tal de que dejara de darle la lata con la universidad. Necesitaba poner punto final a la conversación, ya.

Zach señaló su ventanilla.

—¡Hamburguesas! Para. Me muero de hambre.

—Odio ir ahí. El coche apesta después.

—Pero tengo hambre. Y tampoco usas tanto el coche. —Zach le dio una palmadita en el hombro—. Venga, venga, ¡vamos!

Keeley torció por la calle hacia el aparcamiento. Entonces comprendió que tenía margen para... negociar.

—A ver qué te parece esto: paro a comprar hamburguesas si tú me das las llaves del coche lo que queda de mes.

Agosto casi tocaba a su fin, pero no importaba. Keeley se estaba dando cuenta de que no podía permitir que Zach la mangonease a todas horas. Su hermano daba por hecho su buena voluntad para decirle sí a todo. Por mucho que odiara reconocerlo, Talon —un completo extraño— tenía razón.

—No. Ni en sueños. Lo necesito para los entrenamientos —dijo Zach.

—Dile a Cort o a uno de tus amigos que te lleve. No hay motivo para que no les gorrees el coche.

—¿Qué imagen daría el capitán del equipo si tiene que mendigar que lo lleven?

—Dudo mucho que tengas que mendigar nada. —Zach tenía tantos amigos que no sabía qué hacer con ellos.

—Esos chicos me admiran. Tengo que ser un buen líder y darles ejemplo...

—¡Has dejado que Gavin se las apañe solo!

Zach se moderó, cambiando de táctica.

—Sabes lo mucho que me importa el fútbol, Keels. Me lo he currado para llegar donde estoy.

—Pues entonces te quedas sin comida —dijo ella bajando la ventanilla y dejando entrar el olor a patatas fritas.

Zach se agarró el estómago cuando le crujió.

—Vale, quédate el coche. ¿Desde cuándo te has vuelto tan retorcida y mala?

Keeley se quedó pensativa un momento.

—Desde que he empezado a hablar con un perro.

—¿Eh?

Keeley se limitó a sonreír y enfiló hacia el autoservicio.

Capítulo 6

Tengo una idea

•••

La casa estaba silenciosa cuando Keeley terminó sus deberes de inglés. Se sintió bien por lo que había conseguido, pero entonces vio la montaña de tareas pendientes. Podría pedir ayuda a Zach, pero seguía durmiendo. Hizo una pausa rápida para ir por agua y comprobar sus mensajes de texto.

Llevaste a tu hermano sano y salvo a casa anoche? Lo arropaste y le leíste un cuento?

Puedes ahorrarte los comentarios.

Me lo tomaré como un sí. Si te llamo, me arroparás a mí también en la cama?

Me estás escribiendo por alguna razón en concreto?

Creo que todos esos celos contenidos se están apoderando de ti, pero no te preocupes. Ninguna otra chica puede competir con lo que tengo contigo.

Ese es tu primer error: pensar que las chicas compiten por ti.

Volvió a leer su mensaje. Casi nadie conocía esta faceta suya. Normalmente, nunca bromeaba con alguien de buenas a primeras, y le llevaba su tiempo, pero con Talon era distinto. Los mensajes les habían permitido romper el hielo y eludir la primera etapa de toda relación.

Y cuál es el segundo?

Dejar que tu ego hable por ti.

Ay. Al menos no has negado los celos.

Keeley negó con la cabeza y dejó el teléfono. Su mirada aterrizó en las entradas para Barnett que Zach le había dado la noche anterior. En aquel momento no había entendido por qué eran necesarias para visitar un campus, pero después de verlas, comprendió por qué eran especiales. Le permitían, a ella y a un acompañante, acceder a una actividad exclusiva con el profesorado y, lo que era más importante, con la secretaría. Era una forma estupenda de visitar el lugar, desde luego, pero también de codearse con el personal.

Keeley cogió el teléfono y llamó a Nicky. Supuso que le saltaría el buzón de voz, pero, para su sorpresa, contestó su amiga.

—Zach me ha conseguido una visita guiada a Barnett y

me preguntaba si querrías venir conmigo. —Le dijo a Nicky las fechas—. Sería pasar allí la noche.

—¡Ojalá me hubieras avisado antes! Mi madre ha reservado un spa para el finde que viene. Es mi regalo por haber estudiado tanto este verano.

Menuda lástima. Keeley podía ir sola, pensó, pero sería mucho menos divertido.

—¿Cuándo vas a recuperar tu teléfono? —preguntó Nicky—. Iba a llamarte pero no sabía a qué número.

—No lo recuperaré hasta dentro de unos días.

—Qué rollo. ¿Cómo van las cosas con ese chico, Tim o como se llame? ¿Sigue volviéndote loca?

—Talon. ¿Que si me vuelve loca? ¡Ya te digo! —bromeó Keeley—. No te lo vas a creer pero el otro día hablé... ¡con su madre! —Keeley se puso a contarle la historia, que hizo desternillarse de risa a Nicky—. Puedo hacerle chantaje con esa foto hasta el fin de sus días.

Se oyó un crujido de fondo y Nicky dijo:

—Oye, tengo que irme. He quedado con mi grupo de estudio, pero te prometo que te escribiré cuando vuelva a casa.

Keeley había oído esa promesa otras veces, y no la creyó. En este punto, hablaba más con Talon que con Nicky. Puede que las cosas cambiaran cuando reanudaran las clases. Eso esperaba. Empezaba a hartarse de dejar mensajes de voz.

Keeley hincó los codos durante el resto del día y terminó todos sus deberes de historia y economía. Solo le quedaba mates. Estaba en su dormitorio cuando llamó Talon.

—Te ha llamado Randy —dijo.

Keeley se quedó helada. ¿Su exnovio?

—¿Qué quería?

La voz de Talon adoptó un tono burlón.

—Supongo que salisteis juntos…

—Un tiempo.

—Bueno, ha oído que vas a Barnett la semana que viene y quería ver si pillaba una invitación.

¿Cómo se había enterado Randy de que tenía una entrada de más? Oh, claro… Zach era un bocazas.

—Espero que lo hayáis dejado, gatita. Le he dicho que no puede quedarse la entrada porque me la has dado a mí.

—¡¿Qué?! —Le había mentido a un completo desconocido. No era una sorpresa, pues el chico nunca perdía ocasión de interferir en su vida.

—Y podría haber apuntado que desde que me has conocido, das muestras de una obsesión malsana hacia todo lo que tenga que ver conmigo.

La idea era tan ridícula que Keeley, en lugar de enfurecerse, solo pudo encontrarla graciosa. Además, se trataba de Randy. Y desde luego no iban a volver juntos. Sin embargo, Talon no conocía ese detalle.

—¿Por qué ibas a hacer algo así? Para que te enteres, ha sido el amor de mi vida.

—Ningún tío abandonaría tan rápido si estuviera enamorado.

Interesante.

—Entonces, si estuvieses enamorado de una chica, ¿seguirías mandándole mensajes?

Se hizo una larga pausa. Lo había desconcertado. Bien. Porque ella también estaba desconcertada. La idea de él enamorado… parecía incomprensible.

—No importa —dijo Keeley cuando el silencio se hizo incómodo.

—No, está bien. Tengo que pensarlo un segundo.

—Era solo por curiosidad —se apresuró a explicar.

—Es que… Supongo que nunca lo había pensado antes.

—¿No puedes imaginarte enamorado? —La pregunta salió de la nada.

—No, porque no puedo imaginarme a una chica cortando conmigo.

Claro, cómo no iba a tomárselo a guasa.

Se oyó ruido de fondo y Talon dijo:

—Oye, ¿tu hermano volverá a llamar en mitad de la noche?

—Técnicamente está castigado, así que no debería hacerlo. ¿Por qué?

—Mi compañero de cuarto se mosqueó cuando tu hermano llamó tan tarde. He pensado que podrías darle mi número directamente.

Keeley no había tenido en cuenta la situación de Talon.

—Perdona, me siento como una imbécil.

—Lo he sobornado con unas bebidas energéticas y galletas. No pasa nada. —Talon cambió de tema—. Así que quieres ir a Barnett, ¿eh?

Keeley miró las entradas.

—La verdad es que no. Mi ilusión es ir a una universidad de la Costa Este.

—Yo también estoy enviando solicitudes a algunas universidades de la Costa Este. Por probar algo distinto. Aunque no sé cómo voy a soportar esos inviernos. ¡Brrr! —bromeó.

¡Por fin alguien que la comprendía! Era un alivio saber que no estaba sola.

—Sí, lo sé, pero sería una aventura.

—¿En qué universidades estás pensando? Yo tengo un par en Nueva York, Pensilvania y Massachusetts.

Le ardieron las orejas. Keeley no había empezado la búsqueda siquiera.

—Todavía estoy elaborando la lista.

—Tienes tiempo. El plazo de las solicitudes no vence

hasta el invierno. Entonces, ¿para qué vas a visitar Barnett? Es una pérdida de tiempo.

—Mi hermano consiguió las entradas. Me está presionando para que me quede y no nos distanciemos mucho.

—Jolin, menuda sanguijuela. ¿No puede estar sin ti ni cinco minutos?

—No es así. Sé que suena mal, pero tú no lo conoces como yo.

—Pues explícamelo.

—Es... bueno, es... —No era fácil traducir en palabras cómo era su hermano. Era terco, pero leal. También podía ser espontáneo si quería, aunque eso no era muy frecuente. Keeley echaba las culpas al fútbol. Para Zach no existía nada más.

—Parece un hermano de lo más emocionante —comentó Talon.

Keeley no podía creer que estaba a punto de contarle su historia a un perfecto desconocido, pero en cierto modo Talon era ya más que eso.

—Mira, la cosa va así: un día, cuando éramos pequeños, mi padre nos llevó a la feria. Había una goma de Batman en uno de los puestos y Zach la quería. Era uno de los premios del juego ese en el que tienes que derribar una pirámide de botellas, ¿sabes cuál? En fin, Zach lo intentó una y otra vez pero siempre perdía. Nuestro padre se ofreció a ganarlo por él, pero Zach no quiso. Quería hacerlo él. —Era tan pequeño que apenas podía ver por encima de la caseta. Keeley recordó la frustración en su cara y luego el destello de determinación cuando su padre le dijo que lo dejara—. Pero lo consiguió. Nunca se dio por vencido y derribó todas las botellas y ganó.

—¿Y todo eso por una goma de borrar?

—No te burles de él —lo amenazó. Ella admiraba la tenacidad de su hermano. Y esa goma de borrar significaba más para ella de lo que Talon nunca pudiera sospechar. En su primer día de guardería, Keeley estaba aterrada porque la iban a separar de Zach por primera vez. Él le dio la goma de borrar, asegurando que tenía poderes mágicos para protegerla—. No es perfecto, pero es mi hermano. Nadie, pero nadie, puede burlarse de él.

—Lo he pillado —dijo Talon con voz meliflua—. A ver, soy hijo único y no acabo de entenderlo, pero vale. En realidad, estoy algo celoso.

A Keeley la sorprendió que lo reconociera.

—¿Y tus padres? ¿Te llevas bien con ellos?

Hubo una pausa breve.

—Nos llevamos bien pero no tanto como vosotros.

Se hizo un largo silencio. Keeley no quería que la conversación terminara y dijo lo primero que se le vino a la cabeza.

—Odio las mates. Creo que las pusieron en este mundo para torturarme. No sé para qué sirven, la verdad.

Si le chocó el cambio de tema, Talon no lo dejó traslucir.

—Pues yo creo que son muy útiles.

—¿En serio? Estoy siguiendo un curso avanzado de estadística y el profesor nos mandó este verano un año entero de problemas que resolver. No veo en qué puede ayudarme saber trazar un gráfico en el futuro.

—¿Vas a clases de refuerzo?

—No tienes que hacerte el sorprendido.

—Yo también voy a clases de refuerzo, pero en mi instituto tenemos estadística en primero, no en último curso. Puedo ayudarte si quieres —se ofreció—. Terminé el curso el año pasado.

Keeley necesitaba toda la ayuda posible.

—¿Tienes tiempo?

—Sí. Los demás están viendo una peli, pero yo ya la he visto.

Keeley sabía que estrechar vínculos con el equipo era importante. Zach era inflexible con eso.

—No te preocupes, no quiero que te pierdas la peli.

—Bah, es una chorrada. Me iba a escaquear de todas formas.

—Si estás seguro…

—Gatita, ¿digo yo cosas que no siento?

Keeley rio con sarcasmo.

—No.

—Eso es. No hay problema.

Durante la hora siguiente, la ayudó de veras con sus ejercicios. Keeley supuso que se aburriría y lo dejaría, pero no lo hizo. Cuando hubieron terminado, apenas podía creerlo: habían completado toda la tarea.

—¡Lo hemos conseguido! Creí que terminarlo me llevaría días.

—Te dije que no era tan difícil.

Eso no era cierto, pensó Keeley. La estadística era dura. Si había sido fácil era gracias a él.

—Tal como me lo has explicado, he entendido todos los pasos. Nadie lo había conseguido hasta ahora.

—Son los gajes del oficio —bromeó—. Ha sido divertido.

—Yo no diría tanto.

—No puede haber sido tan horrible. Te has reído.

—¡Porque me cantabas las fórmulas y me has hecho cantar a mí también!

—¿Y a que eso te ha ayudado a memorizarlas? En mi locura hay un método.

Keeley sabía que era de locos, acaso incluso peligroso, pero tuvo una idea.

—¿Quieres venir a Barnett conmigo? —Si podía hacer divertidas las mates, quizá pudiera hacer lo mismo con la visita al campus. Y ella no tendría la presión de fingir que le importaba Barnett, puesto que él tampoco tenía ningún interés.

Se hizo un silencio de asombro.

—¿Es una oferta seria?

—Súper seria. La visita será pronto.

—¿Y estaremos solos tú y yo?

Keeley comprendió de repente cómo sonaba la invitación. Era atrevida. Muy atrevida. Pero no se arrepentía.

—Bueno, nosotros y el resto de Barnett. Pero si no quieres ir, genial.

—No. Creo que será divertido. Me muero de ganas.

Curiosamente, ella también.

Capítulo 7

He hecho un nuevo amigo

...

Dos días después Keeley entró en casa de Nicky arrastrando dos bolsas de deporte y un saco de dormir. Soltó las bolsas en el suelo y rotó los hombros.

—Ay, qué bien sienta esto. He traído cosas para el pelo, maquillaje y mi colección de pintauñas al completo. No he sido capaz de dejar nada.

Nicky aplaudió.

—Estoy impaciente porque llegue el lunes. El primer día de clase siempre es el mejor. Tenemos que estar cañón. Nunca se sabe con quién nos tocará.

Keeley dispuso en fila los pintauñas sobre la mesita para el café.

—Espero que estemos juntas en clase. El año pasado fue muy chungo. Me encanta que hayas ido a quejarte a secretaría.

—Por intentarlo no perdemos nada, ¿no?

Keeley levantó el rosa pálido y el azul marino.

—¿Cuál prefieres? He pensado en ponerme los vaqueros y la camiseta azul sin mangas que mamá me regaló por mi cumple.

—Siempre llevas lo mismo. Deberías arreglarte un poco. Espera. Tengo la falda perfecta para ti. —Nicky sacó una faldita floreada—. Antes de que digas que no, pruébatela con unas zapatillas para darle un toque más informal.

No era su estilo, pero quedaba bien. Y el comienzo de curso era el momento perfecto para probar algo diferente.

—Vale, me la pondré.

Mientras se pintaban las uñas, Nicky le habló de uno de los chicos de su grupo de estudio.

—Me ve como a una hermana pequeña. Fatal. Es inteligente y guapo y tiene todo lo que me gusta en un chico. Me he enamorado y no sé qué hacer.

Keeley no podía tomársela en serio.

—Dices lo mismo de un chico distinto cada mes.

—No exageres —protestó Nicky.

—¿No te acuerdas de Alec Davidson? Estabas convencida de que erais almas gemelas hasta que salió del armario. ¿Y de David Gaston? Como creíste que era el hombre de tu vida, nos apuntamos de voluntarias a la protectora de animales... lo mismo que su novia.

—¡Vale, vale! —interrumpió Nicky—. Reconozco que me han obsesionado un poco los chicos, pero ahora soy mayor. Y más sabia.

—Y tienes pintaúñas en la mejilla —rio Keeley.

Avergonzada, Nicky se lo limpió.

—Bueno, ¿y tú qué? ¿Algún flechazo veraniego?

Keeley pensó en Talon. Luego negó con la cabeza.

—Apenas salgo de casa —se quejó—. Sí, para llevar a Zach en coche, pero eso no cuenta.

—Sigo sin entender por qué siempre le echas un cable.

—No, tú también, no —farfulló Keeley, desplomándose en el sofá—. Ya estás con las mismas que Talon.

—Es una buena referencia. —Nicky se tumbó en el sofá—. Hablando de Talon, seguro que estás deseando deshacerte de su teléfono. Mañana es el gran día, ¿no? ¿Habéis quedado ya a una hora en algún sitio?

Keeley no sabía lo que estaba sintiendo, pero no era algo de lo que alegrarse. Se había acostumbrado a hablar con Talon a diario. ¿Dejarían de hacerlo cuando se devolviesen los teléfonos?

—Hemos quedado en Java Hut, pero no sé a qué hora. Le he escrito esta mañana, pero ensaya hasta las cinco y luego cena a las seis, así que seguramente no me dirá nada hasta más tarde.

Nicky arqueó una ceja.

—¿Te sabes sus horarios?

Keeley se ruborizó.

—Hemos estado mandándonos mensajes de texto y de voz toda la semana. Claro que me sé sus horarios.

Sabía mucho más de él que sus horarios. Sabía que era un genio de las matemáticas. Que le gustaban las películas antiguas de vaqueros. Sabía qué le daba risa en YouTube y también que contaba chistes malos del tipo «toc, toc, quién es». Y, a juzgar por el número de mensajes que recibía, Keeley estaba segura de que pasaba más tiempo hablando con ella que con sus amigos. Intentaba convencerse a sí misma de que todo era normal.

—Tengo ganas de que recuperes tu teléfono. Parece que llevamos un siglo sin hablar —se quejó Nicky.

Keeley sabía que no era culpa de Talon ni de su teléfono. Sencillamente, Nicky siempre tenía otros planes. Por suerte, un mensaje de Talon le ahorró tener que responder. Tecleó en la pantalla con mucho cuidado para no estropearse las uñas.

Me aburro. Cuéntame un chiste.

Has recibido mi mensaje para quedar mañana?

Java Hut me parece ok. Ahora cuéntame un chiste.

No todo gira a tu alrededor.

Eso no es un chiste. Te cuento yo uno.

Si ya te sabes un chiste, por qué quieres que te cuente uno?

Toc, toc.

Sabiendo que no se rendiría, Keeley le siguió el juego.

Quién es?

Abraham

Qué Abraham?

Que me abras y me cuentes un chiste.

Keeley soltó unas risitas y Nicky la miró de reojo. ¿Por qué se sentía como si la hubieran pillado?

—Talon —explicó, como pidiendo disculpas. Una pequeña arruga apareció entre las cejas de Nicky mientras siguió pintándose.

Eres de ideas fijas, eh?

Sigo esperando...

Prefieres que hablemos en vez de chatear? No tengo ensayo esta tarde.

Estoy en casa de mi mejor amiga.

Es más divertido hablar conmigo.

Era divertido pero no podía permitir que lo supiera.

Una pena que no exista una vacuna contra el narcisismo. Creo que es justo lo que necesitas.

Menos mal que Nicky no podía leer los mensajes. La dejarían de piedra. Keeley nunca se había comportado así. Ni siquiera con Randy.

Cómo puedes saber que tengo algo? No me importaría desnudarme para que puedas hacerme un examen completo.

No hace falta. Ya sé cuál sería mi diagnóstico: padeces Exceso de Genes Obtusos. También conocido como EGO. Los síntomas incluyen delirios de grandeza, falta de inteligencia y sobreabundancia de confianza.

Ja! Y qué me prescribes para esta enfermedad? Existe cura?

Los casos graves como el tuyo requieren un tratamiento inmediato. Creo que una dosis de realidad y un pinchazo de humildad servirán.

Si me dejo, serás tú mi médico personal?

Keeley se mordió el labio inferior, intentando frenar una sonrisa boba.

Depende.

De qué?

De que te portes bien.

—Oye, tanto que dices que odias a Talon, pues hablar con él sí que te gusta, sí —constató Nicky.

—No lo odio.

—¿Desde cuándo? Hasta ahora solo te he oído quejarte. —Lo único que Nicky había oído eran mensajes de voz, y Keeley llevaba días sin dejar uno.

—No es tan chungo —se oyó decir Keeley—. A veces es gracioso.

—Si tú lo dices. —Sus ojos marrones chispearon cuando echó un vistazo al teléfono que Keeley llevaba en la mano—. ¿Quieres venir al muelle conmigo después de recuperar tu teléfono? Tengo fichas para los recreativos.

—¿Cuándo has ido a los recreativos? —Keeley creía que su amiga estaba demasiado ocupada como para divertirse.

—No sé. Hace un par de días, creo. Estaba con mi grupo de estudio y decidimos desfogarnos un poco.

El primer pensamiento de Keeley fue «no». No quería limitar su cita con Talon. Pero no había visto nada a Nicky y su mirada era tan esperanzada...

—Sí, claro. Estaría bien.

Una amplia sonrisa se abrió en el rostro de Nicky. En ese momento un mensaje de Talon iluminó el teléfono y la sonrisa de Nicky se desdibujó mientras volvía a ocuparse de sus uñas. ¿Estaba celosa? ¡No tenía derecho! No después de haber rehuido a Keeley todo el verano. Keeley miró la falda que su amiga le había prestado. Puede que tuviese razón; se suponía que era una noche de chicas, de celebración del último curso. Keeley escondió el móvil debajo de su silla para no tener la tentación de chatear.

Cuando hubieron terminado de pintarse, vieron del tirón varias películas hasta que no pudieron mantener los ojos abiertos. Justo cuando Keeley estaba a punto de quedarse dormida, un zumbido la espabiló. Su móvil estaba vibrando. Talon. Como Nicky estaba arrebujada bajo las mantas, roncando, Keeley levantó las sábanas y salió de la cama.

—Ey —respondió con un susurro—. ¿Qué hay? ¿Pasa algo?

—No podía dormir. Quería ver si tú estabas despierta.

—Espera —dijo poniéndose de pie. Miró a Nicky otra vez y fue al cuarto de baño sin hacer ruido. Cerrando la puerta, apoyó la cadera en el lavamanos—. ¿Qué pasa?

—Nada. Lo siento. No tendría que haberte llamado —dijo con voz forzada.

—No —se apresuró a decir ella, temiendo que colgara—. No me importa. Estaba en la cama.

—No quería despertarte.

—No lo has hecho. Aún no estaba dormida.

—Mejor te dejo…

—Talon, cuando digo que no importa es que no importa. Dime, ¿qué pasa?

—¿Sabes? Eres una buenaza. Por eso la gente se aprovecha de ti.

—Sé que te pasa algo. —Se notaba.

—Es que… verás…

—Oye —dijo amablemente. Una necesidad de reconfortarle se apoderó de ella—. Puedes contármelo. En serio.

—No es… Es que no creo que pueda…

Era evidente que no estaba preparado para contárselo. Keeley cambió de tema, y empezó a hablarle sin parar de su noche con Nicky. Talon parecía más relajado, pero su tono cambió cuando ella le preguntó:

—Oye, tengo que hacerte una pregunta.

—¿Qué? —dijo él con recelo.

Keeley llevaba un rato queriendo preguntarle.

—¿Qué son esas fotos en tu teléfono? Sabes, las de los Píos raros disfrazados de personajes.

—¿Te refieres a los Pi-O-Ramas?

—¿Los Pi qué?

—Pi-O-Ramas. Son dioramas, como maquetas, hechas con Píos.

—Un momento. ¿Existe algo así? —Pensó que estaba bromeando.

—Y tanto. Hay un concurso anual y todo.

—Y tú lo tienes en tu teléfono, ¿por qué…?

—Porque los Píos son posiblemente el mayor invento de la humanidad.

Keeley no pensaba lo mismo.

—Ni siquiera son la mejor chuchería.

—¿Sabes qué? No creo que podamos seguir siendo amigos.

—No sabía que fuéramos amigos.

—Keeley, he estado mirando tu móvil. Para algunas personas, eso es como estar casados.

Keeley se rio de la ocurrencia.

—Vale, entonces somos… amigos.

—Que sepas que ser amigo mío es un honor. Honor que no concedo a cualquiera.

—Venga ya. Yo también he visto tu móvil. Tienes más amigos de los que yo tendría jamás.

Talon emitió un sonido burlón.

—Esos no son amigos de verdad. Es gente que me veo

obligado a conocer por el fútbol. Yo me refiero a gente a la que llamas cuando necesitas desahogarte.

—Pues si tus compañeros del equipo no son tus amigos de verdad, ¿quiénes son, entonces?

Durante un par de segundos, Keeley solo oyó la respiración de Talon. Luego, con voz queda, admitió:

—Sinceramente, nadie de aquí. Tenía mejores amigos en Texas.

Eso explicaba algo.

—¿Texas, eh? Ahora me explico tu acento.

—Sip. Nací y crecí allí. Me mudé aquí el verano antes de empezar el primer curso.

—Supongo que California fue un cambio enorme.

—Ni te imaginas. Ya me he acostumbrado y me encanta vivir tan cerca de la playa, pero echo de menos el campo abierto. Y las barbacoas. Dios, cómo echo de menos las barbacoas.

—¿Por qué te mudaste?

—Mi padre cambió de trabajo. Quería vivir en un sitio diferente. Además, tenemos familia aquí.

—¿Tú no querías marcharte? —Keeley estaba segura de saber la respuesta.

Talon dejó escapar una carcajada seca.

—No, ni de coña. Yo quería quedarme allí, pero cuando mi abuelo murió, mi padre heredó la granja. No quiso pagar el mantenimiento, así que la vendió. El abuelo había prometido que la granja sería mía. Era mi herencia; mi padre no tenía derecho a venderla. —Sus palabras destilaban rabia—. Dijo que los impuestos eran muy altos. Pero ni siquiera intentó reunir el dinero.

—Lo siento —dijo Keeley, sin saber qué más decir.

—No quería soltarte este rollo, lo…

—No pasa nada. Yo también estaría disgustada. —¿Era esta la razón de su llamada?

—Sip. —Estaba más claro que el agua—. Mamá quería quedarse también, pero cuando a papá se le mete algo en la cabeza, no da su brazo a torcer.

—Tu madre es lo más.

Talon gruñó.

—Tú no tienes que vivir con ella. La quiero, pero es un poco…

—¿Demasiado? —Keeley reprimió un bostezo y se subió al banco del lavamanos, apoyando la espalda en el botiquín.

—Sigue preparándome los desayunos para el cole. Tiene hasta una rotación de recipientes. De esos cuadrados de metal con asas, ¿sabes? Pues eso. Me mete notitas dentro, un zumo y un sándwich de mantequilla y mermelada con forma de dinosaurio. Y nunca dejará de hacerlo. Me como el sándwich de camino a clase y así no se entera de que el táper nunca sale de mi coche.

Era un cielo por no tirar el sándwich.

—¿Piensas en volver a Texas?

—Espero poder volver para siempre después de la universidad. Pero nunca se sabe. La vida es una caja de sorpresas.

A Keeley le pesaban los párpados y se le escapó un bostezo reprimido.

—Será mejor que me acueste.

Su bostezo contagió a Talon.

—Sí, yo también.

Keeley se bajó del lavamanos y le deseó buenas noches. Antes de que le diera tiempo a colgar, Talon la interpeló:

—Oye, Keeley.

—¿Sí?

Su voz se volvió ronca.

—Esto… eh… gracias.

—¿Te he ayudado?

—Sip.

Una ola de satisfacción reconfortó a Keeley. Entonces dijo por primera vez:

—Hablamos mañana.

Casi pudo oír la sonrisa en su voz:

—Hasta mañana.

Capítulo 8

Lo conozco en persona

...

Keeley sudaba de camino a Java Hut. Puso el aire acondicionado del coche pero no le fue de ayuda. «Dios, estoy hecha un manojo de nervios», pensó. Se enjugó las palmas de las manos en el volante y se ordenó tranquilizarse. Cuando hubo aparcado el coche, sacó un pañuelo del bolso y se secó la cara y los antebrazos dándose golpecitos. Podría dejar el teléfono en la barra y punto. Pedir a un empleado que se lo diera a Talon y que guardara el suyo hasta que pudiera pasar a recogerlo otro día. «Lo único es que sería patético», se dijo. Reuniendo el poco valor que tenía, Keeley inspiró hondo y entró.

Se puso a juguetear con las puntas de su melena a la altura del hombro, tirando de ellas y retorciéndolas mientras exploraba el local, pero estaba segura de que Talon no había llegado. Como necesitaba hacer algo, se acercó a la barra.

—Un café helado pequeño, por favor. —Le dio su tarjeta al empleado y esperó mientras este lo registraba en caja.

—Te llamarán por tu nombre cuando esté listo —dijo.

Keeley cogió un asiento libre. Comprobó su teléfono, pero no tenía mensajes. No quería parecer una pringada y se puso a jugar a las carreras de coches en el móvil. El juego no estaba nada mal, se lo recomendaría a Zach. En ese momento recibió un mensaje:

Estoy aquí.

Un chico alto y rubio entraba por la puerta. Incluso de lejos podía apreciarse que era un atleta. El chico se volvió, como si buscara a alguien. Tenía los pómulos marcados, una mandíbula fuerte y los labios carnosos. Casi perfecto, salvo por una ligera curva en la nariz, como si se la hubieran partido.

—¡Keeley! ¡Su pedido está listo! —gritó una voz detrás de la barra.

Al oír su nombre, Talon giró la cabeza hacia todas partes. Sus ojos la siguieron hasta la barra, donde ella recogió la bebida. Cohibida, Keeley se rezagó, tomándose una cantidad de tiempo excesiva en añadir una pajita al vaso, fingiendo que no lo había visto.

—Hola, gatita.

Keeley habría reconocido esa voz en cualquier lugar. Un tono profundo que alargaba un poco las palabras. Fortaleciendo su ánimo, se volvió hacia él. Los ojos de Talon eran absolutamente deslumbrantes. De un azul cobalto vivo que brillaba en la luz.

La boca de Talon se abrió en una sonrisa.

—No eres lo que esperaba.

Un cliente tropezó con Keeley de camino a la barra. Talon la sujetó del brazo y la apartó hacia un lado.

—Apartémonos de aquí en medio. ¿Dónde está tu mesa? —Por alguna razón, la boca de Keeley no funcionaba, pero daba lo mismo. Era tan alto que podía ver por encima de la gente—. No te preocupes. Ya la veo —dijo, llevándola hasta la mesa junto a la ventana. Tenía unas vistas perfectas de la playa y del muelle descollando sobre el agua.

Normalmente no era tan patosa. Cuando intentó dar un trago a su bebida, no acertó a atrapar la pajita. Para morirse de vergüenza. Y deseó haber dedicado más tiempo a arreglarse. Sus vaqueros y su camiseta no tenían nada de especial, y tampoco llevaba maquillaje. Había sido una decisión deliberada, para recordarles a ambos que no era un día especial, sino un día como cualquier otro. Pero una vez en su presencia, mirándolo a los ojos... era de todo menos normal.

—Pensaba que ibas a ser una chica corriente. No tan... —Keeley frunció el ceño y él no terminó la frase. Una lenta sonrisa asomó en sus ojos—. Me gusta. No puedes dejar de mirarme como si quisieras darme un puñetazo.

Talon se reclinó en su silla y se despatarró como ella había visto hacer a su hermano millones de veces. Siempre le molestaba, porque Zach ocupaba todo el espacio libre, pero con Talon era distinto.

—¿No me respondes? No te pega —dijo.

No le pegaba. Pero Keeley se había quedado sin habla.

Talon se inclinó sobre la mesa.

—Gracias por pedirme esto. Eres un cielo. —Sin prestar atención a su mirada confusa, le quitó la bebida y dio un trago largo. Añadió un sonido de satisfacción al final, con un guiño exagerado.

Fue el guiño lo que espabiló a Keeley.

—Escúchame, Talon —comenzó, tamborileando la mesa con los dedos—. No todo gira a tu alrededor. No puedes simplemente…

—Ahí estamos —la interrumpió, rozando su rodilla con la de ella—. Me estaba preguntando si me habían dado a la chica que no toca, pero veo que tan solo necesitaba cabrearte.

Keeley le apartó la rodilla de un empujón.

—Eres tan… tan…

—¿Maravilloso? ¿Majestuoso? —Levantó el vaso hasta que la pajita le tocó el labio inferior—. ¿Quieres un trago?

Ella apartó el vaso.

—Iba a decir exasperante.

—Al menos he conseguido que hables.

No lo pillaba. La chica del teléfono no era su verdadero yo, sino el yo que deseaba ser. ¿Cómo podía explicárselo sin que sonara a locura?

—Oye, ¿no quieres que nos piremos de aquí? —preguntó Talon.

Keeley no tenía claro que eso fuese una buena idea. Se sentía cómoda en Jawa Hut.

—¿Para ir a?

Talon señaló el muelle con la cabeza.

—Podemos dar una vuelta. Ver qué hay.

Keeley asintió. Valía la pena intentarlo. Entonces se acordó de Nicky y sus planes.

—La verdad es que he quedado con mi amiga en los recreativos después.

—¿Entonces no quieres que vayamos? —preguntó Talon. Keeley no habría sabido decir si estaba decepcionado.

—Mm, bueno… puedes venir si quieres. Hemos quedado dentro de media hora.

—Suena bien. Más te vale darlo todo. Soy un as del hockey de mesa.

Abandonaron la seguridad de Java Hut y Keeley se sintió tan cohibida como antes. Se aclaró la garganta e intentó pensar en algo que decir.

—¿Cómo ha sido el campamento de fútbol? —dijo mientras caminaban hacia la playa.

—Agotador, pero ha valido la pena. Tenemos a un chico nuevo que es un pateador excelente. —Hizo una pausa—. Espera. ¿Te gusta el fútbol? Nunca hemos hablado de eso.

—No me queda otra, porque mi hermano juega también.

—No lo sabía. —Luego Talon soltó una carcajada breve—. Me encanta que no me hayas dicho nada. Todo el mundo quiere hablar de fútbol, pero contigo...

Keeley lo entendió a la perfección. Talon la veía a ella, no a la hermana de Zach.

—Mola, ¿no? Quiero a mi hermano, pero no quiero estar hablando siempre del gran Zach Brewer.

Talon se detuvo bruscamente.

—¿Brewer?

—Somos gemelos. Todo el mundo dice que somos iguales, salvo que Zach heredó los hoyuelos y yo no. ¿Ves? —dijo apuntando a sus mejillas y sonriendo.

—Mierda —farfulló Talon. La miró, sus ojos abriéndose como si fuera la primera vez que la veía, y luego apartó la mirada.

Keeley se mordió la boca por dentro. Talon parecía furioso. ¿Conocía a Zach? ¿Le había hecho algo Zach? Preocupada, hizo amago de tocarle, pero él se estremeció. Su mano cayó, y sintió que su corazón hacía lo mismo.

—¿Qué te pasa?

Metiendo una mano en el bolsillo delantero de sus vaqueros, Talon sacó el teléfono de Keeley y le lanzó una mirada ilegible. Luego le quitó el teléfono de él de la mano y le dijo:

—Ha sido un placer conocerte, Keeley.

A continuación, le puso el teléfono de ella en la mano abierta y se alejó.

—¿Adónde vas? —lo interpeló Keeley. Pensó que se daría la vuelta, pero no lo hizo. Pronto solo fue un punto en la distancia.

Confusa y herida, Keeley llamó a Nicky ya desde su teléfono.

—¿Se acaba de ir? ¿Sin una explicación? —preguntó Nicky.

—Como alma que lleva el diablo.

Keeley no percibía a la gente que pululaba a su alrededor. Java Hut empezaba a llenarse, pero ella no se movió de su sitio. Puede que una pequeña parte de ella estuviera deseando que Talon volviera.

—Pues mira, mejor así. ¿De verdad quieres salir con alguien como él?

—¿Alguien como qué?

—Pues ya sabes, el típico creído sobrado de testosterona.

—No es así. —O sí que lo era, pero no era solo eso.

—¿Está bueno?

Silencio.

—A eso voy. Su físico te está cegando.

No era solo su físico lo que le había llamado la atención. La atraía algo más, una complejidad que no había percibido al principio. Pensó en su buena disposición a ayudarla. Pensó en sus problemas con su padre. Sí. Había una profundidad.

—Me... sorprende. —Keeley se apartó un mechón de pelo detrás de la oreja—. Menuda chorrada, ¿no?

—No es una chorrada si lo sientes así. —Nicky se aclaró la garganta—. Igual deberías llamarlo.

—¿Para decirle qué?

—Ey, Talon, ¿quieres que seamos amigos?

Keeley pensaba que eran amigos. Vaya chiste.

Capítulo 9

No lo entiendo

...

Keeley suspiró mientras entraba en al aparcamiento del instituto. Primer día del último curso y su último primer día en Edgewood High. Quería saborear la experiencia, pero tenía el corazón en otra parte.

Zach la miró de reojo.

—¿Nerviosa?

—No he dormido mucho. —Había estado releyendo sus mensajes con Talon. Tal vez la conexión entre ambos habían sido imaginaciones suyas.

—Eso es lo que pasa cuando dejas las cosas para el último momento. Pero los deberes de estadística sí que los has terminado, ¿no?

Keeley no lo sacó de su error. Mejor que pensase que la culpa era de los deberes y no de un chico.

—Está todo hecho. —Gracias a Talon. Nunca los habría terminado sin su ayuda.

Zach tiró suavemente de un mechón de su pelo.

—¿Seguro que estás bien? Pareces triste.

Su preocupación la conmovió.

—Claro, estoy bien. Oye, y buenas noticias: puedes llevarte el coche. Nicky me llevará a casa.

—¿Seguro? Cort me ha dicho que me lleva después del entrenamiento.

—Quiero ir con Nicky. Hace mucho que no la veo.

—Ya me he dado cuenta. ¿Qué os pasa? Antes erais uña y carne.

Keeley no tenía ganas de explicarle nada. No a él.

—No lo entenderías.

—Ponme a prueba. En los viejos tiempos uña y carne éramos tú y yo.

El recuerdo la hizo sonreír.

—Compartíamos hasta la misma mantita. Mamá tuvo que cortarla en dos cuando tuvimos edad de tener cada uno su cama. Pero yo seguía colándome en la tuya cuando tenía miedo.

—Y acaparabas todas las colchas. Venías a mí para todo.

—Sí, lo hacía —dijo Keeley cariñosamente. Luego le dio un empujoncito en el hombro—. Pero luego te metiste en el fútbol y te volviste demasiado guay.

La sonrisa de Zach se borró.

—Será mejor que vayamos. No quiero llegar tarde.

Salieron del coche y Keeley le dio las llaves. Iba por la mitad del aparcamiento cuando Zach la interpeló diciendo: «píllalo».

Con su falta de coordinación mano-ojo, se le escapó por completo, pero por suerte aterrizó a sus pies. Era la goma de borrar de Batman, la que Zach le había dado el primer día de parvularios. No era ya más que un bulto, apenas usable. Keeley no sabía que Zach la guardaba.

—Para que te dé buena suerte —dijo su hermano—. Este es nuestro último año juntos. Vamos a intentar que sea el mejor, ¿vale?

Keeley apartó a un lado la tristeza y asintió firmemente. Harían de este año el mejor de todos.

...

Keeley podía sentir la emoción en la atmósfera, mientras grupos de amigos se reunían en los pasillos y unos corrían en busca de otros. Cuando llegó a su taquilla, Nicky ya estaba allí. Llevaba un vestido precioso, y se había puesto unas zapatillas a juego. Nicky sacó una hoja de su carpeta.

—Agárrate. Solo nos toca juntas en una clase.

—¿Cómo lo sabes?

Nicky agitó la hoja delante de su cara.

—He cogido tu horario cuando he ido a por el mío.

—¿No tienes que enseñar un documento de identidad con una foto?

—Puede que haya mentido diciendo que tienes un caso agudo de cochin.

—¿Cochin? —dijo Keeley frunciendo el ceño—. ¿Qué es eso?

—Me lo he inventado. Le he dicho al administrador que es un virus raro que transmiten las gallinas.

—¿Entonces la gente piensa ahora que estoy infectada de algún tipo de gripe aviar?

—No tienes que darme las gracias.

Keeley metió un par de cuadernos en la taquilla.

—Estás loca. ¿Cómo se te ha ocurrido eso?

—Bueno, eres una gallina y no te atreves a llamar a Talon. —Nicky dobló los brazos debajo de las axilas y empezó a agitar los brazos como si fueran alas.

—¡No lo soy!

—¿Lo has llamado?

Keeley cerró la taquilla de un golpetazo.

—Olvídalo.

—Me tomo eso como un no.

El cambio de teléfono había sido doble. Él también podría haberla llamado.

—¿Qué clase tenemos juntas?

—Sexta hora, inglés avanzado, con la señora Miller —contestó Nicky.

Bueno, esa era una clase que Keeley podía esperar impaciente. Pero ¿y a primera hora? Estadística.

De camino a su aula, Keeley vio que un chico tropezaba y caía. La pila de libros que llevaba se desparramó por el suelo con gran estruendo. La gente se rio pero nadie se detuvo a ayudarle. Keeley descubrió con asombro que se trataba de Gavin, el compañero novato de su hermano.

Keeley recogió un libro: economía avanzada. El mismo que tenía ella.

—¿Son las cosas de Zach? —preguntó mientras se lo devolvía.

Gavin lo colocó hábilmente encima de los otros.

—Quiere que los guarde hasta después del almuerzo. Gracias por la ayuda.

—¿Una mañana difícil?

El chico se encogió de hombros, esquivando su mirada.

—Normal.

—La cosa mejora, ¿sabes?

—¿El qué?

—Que te manden los jugadores veteranos. Suelen ser más duros al principio del año. —Se acordaba de Zach en primero. Lo había pasado mal también, pero lo superaron juntos.

—¿Y cómo lo sabes? —preguntó Gavin.

—¿Quién crees que ayudó a Zach? Una vez, en las últimas semanas, su tutor lo llamó en mitad de la noche porque quería comida rápida. Recorrimos toda la ciudad con las bicis y al final encontramos un puesto de burritos abierto las veinticuatro horas.

—Mi primo me advirtió de la que me esperaba cuando me matriculé. Creí que era un exagerado.

Keeley conocía el tormento de Gavin como si fuera el suyo propio. Se inclinó y susurró:

—Voy a contarte un secreto: todo esto es para obligarte a estrechar lazos con los otros novatos.

—Puedo hacerlo sin tener que cargar con todos los libros de Zach. Tu hermano es un mandón.

—Eso no es un secreto. Me manda a mí, que soy técnicamente mayor que él… —La mirada de Gavin se desvió a algo detrás de ella. Era un póster de la mascota del instituto aplastando a la mascota de Crosswell—. Ah, la famosa competición. Has oído hablar de ella, ¿no?

—He oído que es intensa, sobre todo entre los equipos de fútbol.

—Eso es quedarse corto.

Había empeorado desde que Zach formaba parte del equipo; parecía provocar la rivalidad.

Sonó el timbre de clase.

—Antes de que te vayas. —Keeley escribió un par de números en una hoja en blanco de su cuaderno y la arrancó—. Mi taquilla y la combinación. Úsala. Está en medio del campus. Te será más fácil guardar ahí tus cosas.

Gavin la miró como si acabase de darle un millón de dólares.

—Te lo compensaré de alguna forma. ¿Qué necesitas? ¿Dinero? ¿Comida? ¿Mis riñones?

—Voy servida de los tres, gracias. Nos vemos.

Keeley mandó un mensaje a Zach en cuanto Gavin dobló la esquina.

No seas muy duro con Gavin.

Tranqui. Hoy solo va a llevarme libros y traerme comida de fuera del campus.

De fuera del campus? Por?

Normalmente Zach comía pizza o burritos de la cafetería de la escuela.

He oído que hay un virus aviar chungo. Paso de arriesgarme con la comida de aquí.

Keeley se echó a reír. La gripe falsa de Nicky se había hecho viral.

El día transcurrió en una vaguedad de papeleo por la vuelta a clase y las conversaciones sobre las vacaciones de verano. Y en el creciente temor a su futuro incierto cuando terminase el curso. Cuando llegó a casa, Keeley era presa absoluta del pánico. Naturalmente, fue en ese momento cuando Talon la llamó.

Keeley notó el amasijo de nervios ocultos en su estómago.

—¿Qué quieres?

—Keeley. —Sonaba un poco fuera de sí—. Adivina. ¡He bebido!

Así que la llamaba borracho. Talon sabía que ella aguantaba a su hermano todo el tiempo cuando iba borracho, y por eso… ¿Qué? ¿Se creía que iba hacer lo mismo con él?

—Adiós, Talon.

—¡No! ¡Espera! —exclamó—. Quería pedirte algo.

¿Que lo perdonase tal vez? No estaba muy segura de poder hacerlo.

—Necesito una opinión sincera —dijo con voz solemne. Se oyó un susurro de fondo, y luego preguntó—: Bóxers o slips, ¿qué prefieres?

Disgustada, le colgó. El móvil sonó de nuevo aproximadamente tres segundos después y contestó en contra de su buen juicio.

—¿Qué? —preguntó. Su tono era tan frío que podrían crecer carámbanos en el teléfono.

—¡Lo siento! ¡Era broma! No es eso lo que quería pedirte. Digamos que iba muy, muy… muy borracho y te he llamado.

—¿Quieres decir como ahora?

—¿Vendrías a por mí?

La respuesta era sencilla.

—No.

La guasa en su voz había desaparecido, cediendo a la hostilidad.

—¿Por qué no? Siempre vas a por el plasta de tu gemelo.

—No metas a mi hermano en esto. —Al menos Zach nunca la había dejado tirada.

—He preguntado por ahí. Lo sé todo de ti. Porque yo… ¡plaf! —Se oyó un ruido fuerte y luego se cortó la voz.

—¿Talon? ¡Talon! ¿Estás bien?

Keeley oyó un chirrido de fondo y luego a Talon farfullando entre dientes: «Estúpida silla. Antes no estaba aquí».

—¿Dónde estás?

—En casa de un amigo. Acabo de salir al jardín. Necesito sentarme. —Hizo una pausa—. ¿Qué estaba diciendo?

—Lo increíble que crees que soy,

—Lo eres y lo sabes, Keeley Anne Brewer. Gemela del famoso astro del fútbol Zachary Brewer. Estudiante de último año de Edgewood. Te encanta leer. Pero hay algo que no entiendo. No tiene sentido. ¿Cómo es que nadie te conoce?

—¿De qué estás hablando?

—De tus mensajes.

Keeley respiró hondo.

—Nadie lo pilla. Creen que eres… —Hizo una pausa. Keeley podía oír el fuerte sonido de su respiración—. ¿Por qué eres tan diferente por teléfono? ¿Es por mí? ¿Eres diferente conmigo?

Ella luchaba con el mismo interrogante. Sabía que era de otra manera en los mensajes. ¿Por qué Talon había sacado esta otra faceta suya? ¿Más segura de sí misma y coqueta?

En fin, no pensaba admitir nada ante él. No después de cómo la había tratado.

—Pues claro que no —le dijo. Luego le preguntó lo que se moría por saber—: ¿Por qué te marchaste de Hut el otro día? Creí que todo iba genial.

—¿Y eso qué más da ahora? No vamos a vernos otra vez.

—Podríamos si quisiéramos.

—No podemos.

—Entonces, ¿por qué narices me has llamado? —Le estaba tomando el pelo y no era justo.

—¡No lo sé! Solo quería… ¡Grrr! —exclamó frustrado. Se oyó un golpetazo, como si hubiesen dado una patada a algo.

—¿Talon? —La cobertura entre ambos era frágil—. ¿Qué quieres…?

—Olvídalo.

Tras esto, colgó.

Capítulo 10

Necesito pasar página

...

Vale, dejad de escribir, todo el mundo. Id pasando los exámenes —dijo la señora Miller.

El de Keeley estaba plagado de tachones y flechas, pero se sentía satisfecha con el resultado. Entonces vio el examen de Zach, sentado detrás de ella. Pulcro y conciso. ¿Cómo lo hacía? Eran gemelos. ¿No se suponía que debían parecerse?

—Me estás acomplejando —le susurró.

—Me he liado en un par de puntos. —Siempre decía lo mismo y siempre sacaba sobresaliente. Zach se inclinó hacia delante—. Oye, ¿me dejas el coche hoy? Quiero quedarme después de entrenar y practicar lanzamientos.

—¿No te quedaste ayer hasta tarde? ¿Y anteayer? —Zach sabía que no debía forzar el brazo. Podía lesionarse y quedarse sin jugar.

—Sé lo que me hago —repuso.

Keeley miró a Nicky, que le hizo un gesto de impotencia.

—Vale. Te dejo el coche. —Pero cuando Zach volviera a casa, tendrían una conversación.

La señora Miller se levantó de su mesa.

—Estáis en último curso y eso significa que va siendo hora de que presentéis las solicitudes a la universidad. —Se oyó un gruñido general—. Los dos próximos meses los dedicaremos a trabajar en vuestras redacciones de admisión. Son importantes, y pueden ser decisivas para que os acepten u os rechacen. Ahora bien, podéis escribir sobre lo que queráis: vuestro programa de televisión favorito, una afición particular, una historia personal... Cualquier cosa que muestre quiénes sois. Una vez tuve un estudiante que hasta escribió sobre el brécol y por qué lo odiaba.

Alguien preguntó:

—¿Y lo aceptaron?

—Lo aceptaron. ¿Veis? No se trata de escribir sobre lo mucho que os gusta estudiar o fanfarronear de nota media. Esta es vuestra oportunidad para mostrar lo que no pueden mostrar los exámenes, las notas y las actividades extracurriculares. Así que este fin de semana quiero que empecéis. —Levantó una pila de papeles—. Aquí hay una lista de temas que os ayudarán si os atascáis. No olvidéis coger una hoja a la salida.

Para Keeley era un alivio que las notas no fueran el único factor que las universidades tenían en cuenta a la hora de decidirse. Una redacción podía ser la oportunidad de Keeley para demostrar que no era... mediocre.

Cuando sonó el timbre, Keeley se volvió hacia Nicky.

—¿Puedes llevarme a casa?

Nicky adoptó un tono de disculpa:

—Es que ya he hecho planes. He quedado con ese universitario del que te he hablado.

Keeley intentó aparentar alegría, en verdad estaba contenta, pero los recuerdos de Talon y el muelle se lo hacían difícil. Contestó tan alegre como pudo.

—No pasa nada, ya encontraré a alguien. Ve y pásalo bien. Envíame un mensaje con los detalles.

Keeley se apresuró hacia el aparcamiento. Tenía que haber alguien que pudiera llevarla a casa. Localizó a Randy, que se despedía de sus amigos mientras entraba en el coche. Echó un vistazo alrededor. No tenía muchas más opciones. Se acercó corriendo y dio un golpecito en la ventanilla.

El chico la bajó.

—Ey, Keels, ¿qué hay?

Odiaba que la llamara así. Todo el mundo sabía que Zach era el único que la llamaba así.

—Me preguntaba si podrías llevarme.

—Sin problemas. —Randy abrió la puerta del pasajero y trasladó sus cosas al asiento de atrás—. Como en los viejos tiempos, ¿eh? —comentó cuando ella hubo subido al coche.

Así era. Su coche seguía oliendo a ese aroma a limón que Keeley adoraba.

—¿Qué tal el verano?

—Lo de siempre. Descubrí un pueblecito costero impresionante. —Charlaron un rato y luego Randy preguntó de repente—: ¿Quién es ese tío con el que estás saliendo?

Cierto. Talon había hablado con Randy.

—No estamos saliendo —contestó secamente. Su presencia en su vida había sido breve, pero se lo recordaban cada dos por tres. Era totalmente injusto entrar como si nada en su vida, alterarla y luego si te he visto no me acuerdo.

—Oh, ¿estás bien?

—Sí, a ver, no éramos... —Novios. Ni siquiera se habían dicho que se gustaban.

Randy la miró por el rabillo del ojo.

—Sé que cortar puede ser muy duro. Cuenta conmigo para lo que necesites.

Este era el chico adorable del que se había enamorado. Ahora se sentía mal por no haberle dado la entrada de Barnett. Tampoco Talon iba a usarla.

—Oye, voy de visita a Barnett este finde y aún me queda una entrada. ¿Quieres ir?

Randy le dedicó la sonrisa que en su día le había acelerado el corazón.

—Es que mi primo me ha conseguido una. Vive allí y se ha camelado a una de las chicas. Pero estaremos por allí, será genial estar con alguien que conozco.

No sería tan divertido como con Nicky o Talon, pero era mejor que ir sola.

—¿Cuándo vas al campus? Yo voy en tren mañana.

—Voy en coche esta noche para pasar algún tiempo con mi primo. ¿Y si te recojo en la estación cuando llegues?

Keeley dudó. Si la recogía podía parecer que estaban saliendo otra vez, y ella no quería eso. Sería dar un paso atrás, pero ¿cómo avanzar en su vida si no sabía cómo? Lo desconocido daba miedo. Y, muy en el fondo, no estaba segura de si quería avanzar aunque pudiera. El miedo era una emoción poderosa.

Randy detuvo el coche delante de su casa.

—¿Entonces qué? ¿Hay plan?

Habría sido de mala educación rechazarlo en ese momento.

—Suena bien. Te veo allí entonces.

Haciendo caso omiso de la sensación punzante en la boca de su estómago, cerró la puerta del coche detrás de ella y entró en su casa. Quizá lo mejor fuera cancelar todo el viaje, pero ¿y Zach? No podía hacerle eso. Su hermano ansiaba que fuera.

Keeley dedicó el resto de la tarde a lavar ropa y descargarse libros para leer en el tren. No dejó de mirar el reloj, esperando la vuelta de Zach. Necesitaba hablar con él sobre sus entrenamientos extra.

Por fin su hermano entró en casa caminando penosamente después de la cena, con aspecto cansado pero satisfecho. Keeley esperó a que se duchara antes de llamar a la puerta de su cuarto.

—¿Tienes un momento para hablar? —le preguntó.

Zach estaba sentado a su escritorio.

—Sí, estaba pensando en ideas para la redacción de la universidad.

—¿Vas a escribir sobre fútbol?

—Eso es lo que todo el mundo espera. ¿Crees que es demasiado obvio?

Keeley miró los pósteres de fútbol colgados en las paredes de su cuarto. Era la pasión de Zach.

—Podrías darle un toque más personal. Contar cómo te afecta o algo así. —Mientras él apuntaba la idea, Keeley se acomodó en el puf de su hermano—. ¿Qué tal el entrenamiento?

Distraído, farfulló:

—Bien.

—Zach —dijo Keeley con firmeza. Cuando obtuvo su atención, se explicó—: Me preocupas. Estás dedicando un montón de tiempo a entrenar. ¿Y si te lesionas?

Mirada segura.

—Estoy en buena forma.

—De momento. ¿Lo saben papá y mamá?

—No exactamente —admitió—. Pero voy con cuidado. Necesito los entrenamientos extra.

—Nunca los has necesitado. ¿Por qué ahora? Explícamelo, que lo entienda.

—Estoy preocupado —dijo a media voz.

—¿Preocupado por qué? —Edgewood había ganado todos los partidos amistosos del año. El equipo parecía más en forma que nunca.

—Dios, me da mucha vergüenza —gimoteó Zach, enterrando la cabeza en sus manos abiertas—. Estoy preocupado por si no me aceptan en Barnett, ¿vale?

La confesión la dejó pasmada. Zach nunca se agobiaba, al menos no tanto.

—Tienes un 4 de promedio y tus notas de acceso son buenísimas.

—No, me refiero al fútbol. ¿Y si reclutan a otro?

—Hay otras universidades con fútbol.

—Sueño con jugar para Barnett desde que tenía diez años. —Miró hacia la estantería donde se alineaban todos sus trofeos—. Sé que están pensando en J. T.

—¿El quarterback de Crosswell? —Zach lo odiaba. Keeley sabía que era porque J. T. había sido el primer rival auténtico de Zach. Intentaban superarse el uno al otro desde primero de instituto.

—Crosswell ganó el campeonato estatal el año pasado. No puedo dejar que se repita. Por eso estoy entrenando tan duro.

No era más que un juego, pero no se lo podía decir. El fútbol era su vida.

—Barnett no va a tomar una decisión basándose solo en un partido. Tú has demostrado que eres bueno.

—Tengo que demostrar que soy el mejor. O al menos mejor que J. T. El partido más importante entre Edgewood y Crosswell será pronto y tengo que ganarle como sea.

Keeley entendía su necesidad de ganar, pero no a riesgo de lesionarse. ¿Por qué no podía verlo? La pasión debía de cegar a las personas. Quizás era bueno que ella no sintiese pasión por nada. Al menos mantenía la mente despejada.

—Tienes que decírselo a mamá y a papá. O por lo menos a tu entrenador.

—Conozco mi cuerpo.

Keeley no pensaba tirar la toalla. No cuando la seguridad de su hermano corría peligro.

—O se lo dices tú, o se lo digo yo.

—¿Vas en serio? —dijo mudo de asombro—. Vale, hablaré con ellos este fin de semana.

—Y no irás a gastar novatadas a Crosswell otra vez, ¿verdad? —El curso anterior casi lo pillaron.

Zach sacó barbilla.

—A nosotros también nos hacen movidas.

No tenía sentido discutir con él. Haría lo que le viniera en gana.

—Una cosa más. ¿Puedes llevarme a la estación mañana?

Zach pareció animarse.

—¿De verdad vas a ir? Creí que te echarías atrás en el último minuto.

—Lo pensé —reconoció. Pero la visita significaba mucho para su hermano y podía usarla como una forma de ver lo que le gustaba o no de la universidad.

—Creo que no sabes lo mucho que te va a gustar. ¿A qué hora tienes que salir?

—A las seis. Tempranito.

Después de salir del cuarto de su hermano, Keeley sacó su ropa de la secadora y la tendió en la cama. ¿Debía ponerse elegante para este viaje? ¿O podía ir con la ropa de todos los días? Nicky lo sabría.

Keeley cogió el teléfono y la llamó.

—No sé qué ponerme. ¿Tengo que ir elegante y formal o de sport?

—Llévate un conjunto de cada. Algo que esté bien, como la blusa verde que tienes, y algo más informal.

Keeley revolvió en la pila de ropa y encontró la blusa verde.

—Me voy a llevar tu falda de flores también. ¿Cómo te va con el universitario?

Nicky gruñó.

—Malinterpreté su mensaje por completo. Había invitado a todo el grupo de estudio, no solo a mí. No creo que se fije en mí en ese plan. Al menos voy a ir al spa con mi madre este finde.

—Ojalá vinieras a Barnett conmigo. ¿Seguro que no quieres cambiar de planes?

—Gracias, pero que me mimen suena de maravilla ahora mismo. ¿Crees que Talon aparecerá?

No, no lo creía. No después de cómo había terminado la llamada telefónica.

—No entiendo para qué se molestó en llamarme. —Él ya tenía claro que lo suyo no iba a ninguna parte.

—Te llamó para marearte. Tienes que olvidarte de él, Keeley. Pasa página.

Nicky tenía razón. Lo mejor para Keeley era pasar página. Talon era un estúpido ligue de verano que la estaba distrayendo de lo importante, y Barnett era la oportunidad perfecta para pensar en el futuro.

Capítulo 11

Estoy inquieta

• • •

A la mañana siguiente, Keeley se deslizó en su asiento del tren. Sacó su *e-reader,* impaciente por empezar un nuevo libro.

—¿Está ocupado este asiento?

Keeley volvió la cabeza y vio a un hombre rechoncho y fornido de pie ante ella.

—Lo siento —dijo con una sonrisa de disculpa. La verdad es que no quería pasarse sentada cuatro horas junto a un perfecto desconocido. El hombre meneó la cabeza y se fue.

El tren arrancó con un traqueteo y comenzó su viaje por la costa. Keeley se recostó en su asiento y pasó la primera página.

En ese momento su teléfono vibró con un mensaje. El corazón le dio un vuelco cuando vio el remitente.

Talon: Emocionada con Barnett?

Apoyó la frente en la ventana y una sonrisa se dibujó en su cara.

Esa sonrisa es para mí?

Keeley levantó la cabeza sobresaltada.

Cómo sabes que estoy sonriendo?

El reflejo en la ventana. Date la vuelta.

Todo el aire de sus pulmones salió con un silbido. Con el corazón palpitante por anticipado, Keeley se levantó poco a poco de su asiento. Apoyó la rodilla en el cojín y se volvió para mirar al pasajero que tenía detrás.

—Talon —dijo con un suspiro.

Estaba reclinado en su asiento, tan tranquilo, con los brazos cruzados sobre el pecho. A Keeley no se le escapó lo guapo que estaba con su sudadera azul y sus vaqueros oscuros. Sus penetrantes ojos la miraban fijamente. Ladeó la cabeza y sonrió.

—Un placer verte por aquí, gatita.

Estaba ahí. En carne y hueso. Keeley abrió la boca, pero las palabras se atascaron en su garganta.

—Imagino que te he dejado sin habla. —Estiró el cuerpo y se inclinó en el asiento, apoyando los brazos en las rodillas—. Parece ser que produzco este efecto en un montón de chicas. Será por mi inolvidable carisma. —Sonaba como la primera vez que se habían escrito: ensimismado y egocéntrico.

Keeley no estaba de humor para eso. Echaba de menos al otro Talon, el que ella consideraba el Talon real.

—El único efecto que me produces son arcadas.

¿Mostraba una mueca o una sonrisa?

—Echaba esto de menos. La vida sin ti ha sido un rollo.

—¿Y por eso has venido? ¿Porque doy sabor a tu vida?

—Hay alguien con una idea muy elevada de sí misma.

—No sé ni por qué me pareció que invitarte era una buena idea. —Keeley se dejó caer bruscamente en su asiento.

—¿Por mi cuerpo escultural y mi belleza juvenil? —Se cernió sobre el asiento junto a Keeley, envolviendo el cabezal con los brazos.

—Los he visto mejores —repuso ella con aspereza. Era de locos, pero también había echado de menos las bromas. Era como si la devolviera a la vida. ¿Por qué todo era diferente con él y solamente él?

—¿Por mi encantadora personalidad y mi ingenio?

—Siéntate, Talon.

—¿Puedo sentarme a tu lado? —dijo señalando la chaqueta que Keeley había colocado para que nadie se sentara.

—Preferiría sentarme al lado de un cactus.

—¿Creías que me había olvidado de ti? —preguntó Talon—. No te preocupes. Tu número está en mi lista de las diez mejores chicas a quienes llamar.

Keeley se quedó boquiabierta.

—¡Vale, vale! Las cinco mejores. Pero eso es todo lo que estoy dispuesto a conceder.

Keeley sacó sus auriculares y los conectó a su móvil. Prefería a Randy que esta versión de Talon. Pero, vaya, ¡qué comparación más atinada! Randy tenía dos personalidades —una con sus amigos, otra con ella—, lo mismo que Talon aparentemente.

—¿Qué estás haciendo? —preguntó Talon.

—Pasar de ti. —Subió el volumen para dejarle claro

que no quería hablar, pero Talon tenía otros planes. Le arrancó el móvil y desconectó los auriculares—. ¡Ey! —gritó ella. Hizo un amago de quitárselo, pero él se escondió deprisa el teléfono en el bolsillo de los vaqueros—. ¡Devuélvemelo!

—No hasta que me digas qué te pasa.

—Lo que me pasa es que desde el momento en que has subido a este tren, te has comportado como un mierdas. Creí que los mensajes y las llamadas significaban algo. Que compartíamos... ¿Sabes lo que te digo? Da igual. Olvídalo. —Primero la había dejado tirada en Java Hut y ahora estaba siendo grosero, lo cual demostraba que ella no significaba nada para él.

—Keeley... no era... —Un suspiro frustrado salió volando de sus labios—. No quería portarme así. Es que tú... te has quedado muda al verme. He pensado que ya no querías que viniera, así que... sí. —Se pellizcó el puente de la nariz y sacudió la cabeza—. Mira, ¿y si empezamos de cero? Yo no quería que este viaje empezara así.

Keeley se miró las manos.

—Ni yo.

—Perdona por ser un mierdas. ¿Puedes perdonarme?

Keeley quitó su chaqueta del asiento. Mientras él se sentaba, le llegó el perfume de su colonia: una mezcla de madera y Old Spice. Olía bien. El tipo de detalle peligroso que podía meter en líos a una chica.

—Sigues teniendo mi entrada, ¿verdad? Más te vale no habérsela dado a Randy.

—La entrada es mía, no tuya. Y no, no se la he dado. Ya tiene una. Está en Barnett ahora mismo. —Vaciló. Luego añadió—: Va a venir a buscarme a la estación.

Talon frunció el ceño.

—Va a venir a buscarnos a la estación. ¿Por qué viene? Creía que habíais cortado.

¿Eran celos lo que percibía en su voz?

—No pensé que aparecerías y no quería hacer la visita sola.

—Pero entonces, ¿estáis juntos o qué?

Celos sin la menor duda.

—¿Sabes? No estaría —«flirteando», pensó— contigo si estuviera con alguien.

Talon se arrellanó en el asiento y sus hombros se rozaron. Su mirada se aferró a la de ella.

—Y solo para que lo sepas, yo tampoco estaría con alguien si hubiera otra persona, ¿sabes?

¿Estaba diciendo en serio lo que ella pensaba que estaba diciendo? Los ojos de Talon se desviaron a los labios de Keeley y se oscurecieron. Se acercó más a ella, pero de repente a Keeley le resonó el estómago. Fuerte.

—¿Hay hambre? —preguntó él.

Keeley apartó la cabeza, porque no quería que la viera sonrojarse. Su estómago volvió a sonar como si estuviera hambrienta.

Talon se levantó para alcanzar el portaequipajes. Bajó una bolsa de lona.

—Mi madre me ha preparado el sándwich de mantequilla y mermelada de siempre. Es lo único que mi padre y yo le dejamos hacer. Es un desastre en la cocina. La última vez que intentó calentar algo en el microondas, terminó cargándoselo.

Mientras Talon rebuscaba en su bolsa, algo de color amarillo llamó la atención de Keeley. Se inclinó hacia delante para ver mejor el interior de la bolsa.

—¿Son Píos? —preguntó Keeley, poniéndose la maleta de Talon en el regazo para verlos de cerca—. ¿Cuántos has traído?

Talon cerró los ojos con fuerza, visiblemente incómodo.

—Solo seis o siete paquetes.

¿Seis o siete? ¿Estaba loco?

—Sabes que solo nos quedamos dos días, ¿verdad?

Talon se zampó un Pío entero de un bocado. La expresión de su cara se suavizó mientras masticaba y tragaba. Cogió otro.

—Te dije que eran el mejor invento del mundo.

Parecía que había transcurrido una eternidad desde la llamada de teléfono en el cuarto de baño de Nicky.

—No lo son. Si estuvieras en una isla desierta…

—Sí, me llevaría Píos sin dudarlo. Un camión entero. Puedes usarlos para atraer a los bichos y luego usar los bichos de cebo para pescar. ¿Lo ves? Deliciosos y además útiles. Ahora tú. ¿Qué te llevarías?

—Mm… Me llevaría a ese tío inglés de la tele que sobrevive en la naturaleza salvaje.

Ojos entrecerrándose.

—Te lo llevarías por su físico.

—No es la única razón, pero sí, que esté bueno es un factor. —¿Qué chica no querría quedarse atrapada en una isla desierta con un hombre con cuerpo de modelo?

—No está tan bueno. Y si te estás basando en el físico, ¿por qué no me eliges a mí? Yo te llevaría a la isla.

Un aleteo en el estómago de Keeley.

—¿Eso harías?

—¡Pues claro! —dijo guiñándole un ojo—. ¿Quién más pone mi ego en jaque? Vale, si pudieras tener algún súper poder, ¿cuál sería?

Eso era fácil.

—Volar. Pero sin capas. Esas cosas son un peligro.

—Volar sería mi primera opción también, pero también sería chulo ser inmortal. Podría hacer todo tipo de locuras.

—¿Como cuáles?

—Como tirarme al vacío desde un avión o correr delante de toros. ¿Tú qué harías si fueras inmortal?

Cuatro horas más tarde, seguían hablando.

—Te equivocas. Frodo es el héroe —repuso Talon—. Llevó el anillo a Mordor. Es él quien salvó la Tierra Media.

—Sí, pero nunca lo habría conseguido sin Sam. Él es el verdadero héroe. Frodo quiso dejar atrás a Sam pero este no desistió.

—¡Fue un acto de sacrificio!

Keeley reconoció el tono. Era el tono del «tengo derecho al final amargo».

—Otro punto muerto.

—Lo del apocalipsis zombi no fue un punto muerto. Tengo razón. Una espada habría sido la mejor arma.

—¡Las espadas pesan! Te habría retrasado y te habrían devorado.

—¡Pero es una espada!

Su expresión era adorable y no pudo evitar pasarle la mano por la mejilla.

—Como quieras. Puedes quedarte con la espada, pero yo me quedo con Sam.

Keeley alucinaba con lo a gusto que se sentía con él. Acercar la mano y acariciarle la mejilla. Nunca se lo habría hecho a otro chico. ¿Qué tenía él que la desinhibía tanto? Acaso que él también era atrevido con ella. Talon buscaba formas de tocarle el brazo y las manos y siempre le apartaba el pelo de la cara. Incluso cuando ella miraba por la ventana, él se inclinaba hacia delante, de modo que sus labios quedaban pegados a su oído. Cada vez que decía algo, su aliento le hacía cosquillas en la nuca. Cada parte de su ser era consciente de Talon en todo momento. Era un poco inquietante.

Keeley se estaba divirtiendo tanto que no se dio cuenta de que el tren había llegado a la estación. Vio a Randy enseguida; su camiseta a rayas rojas y blancas le hacía destacar entre los demás.

—No fastidies —le susurró Talon desde atrás. Estaba tan cerca que ella podía percibir el calor de su cuerpo—. Parece que se ha escapado de las páginas de *¿Dónde está Wally?* ¿Cuánto tiempo saliste con ese payaso?

Cogiéndole la mano, Keeley le dio un apretón rápido.

—Sé que es una situación extraña, pero compórtate, por favor. Hazlo por mí. —Él le devolvió el apretón, pero sin soltarle la mano. A ella no le importaba. Su mano era grande. Fuerte. Se sentía a salvo con él.

Cuando llegaron donde Randy, Keeley hizo unas presentaciones rápidas.

—¿Te importa llevar a Talon también? —Tendría que haberle escrito para preguntarle, pero había estado ocupada.

Randy parecía asombrado, pero se lo tomó con calma.

—Sin problema. He aparcado en la calle. Eres el del teléfono, ¿no?

Keeley contuvo la respiración cuando Talon miró detenidamente a Randy, pero después suspiró y dijo:

—El mismo.

Cuando Randy se dio la vuelta, Keeley sonrió a Talon. Había hecho lo que le había pedido. Eso tenía que significar algo, ¿verdad?

Capítulo 12

Me gusta

—Y esta estatua se erigió en honor a nuestros padres fundadores, que financiaron la facultad en 1852 —dijo el guía—. Podrán apreciar una pequeña…

Keeley puso los ojos en blanco. Habría preferido estar en una isla desierta.

—¿Te aburres tanto como yo? —le susurró Talon.

—Me voy a echar a llorar en cualquier momento —dijo ella a su vez.

—¡Tenemos que largarnos de aquí!

—No podemos.

Al llegar, les habían entregado un programa de tres páginas. El circuito iba a durar otros cuarenta y cinco minutos y, después, la cena. Keeley comprendía por qué Zach quería estudiar en esta universidad: Barnett tenía el punto sofisticado que le gustaba. Pero a ella no. Quería algo menos rígido, más creativo y abierto a otras ideas.

—No sé tú, pero contemplar estatuas todo el día no es mi idea de diversión.

—No estamos aquí para divertirnos. —Se suponía que debían aprender. Concentrarse en la universidad y en el porvenir.

—Si no puedes divertirte en una universidad, ¿entonces dónde? Venga. Vamos a explorar.

Keeley habría querido pasar del circuito e irse con él. No lo habría hecho de normal, pero con él era distinto. Sin embargo, no podía dejar solo a Randy. Se puso de puntillas. Randy estaba en primera fila; no dejaba de asentir con la cabeza mientras el guía señalaba otro hecho histórico.

—Gatita, como tenga que oír otra anécdota sobre uno de los padres fundadores, me pego un tiro.

Keeley se sentía igual. Qué diablos, no le debía nada a Randy. Y tampoco habían vuelto.

—Nos largamos después de esto. Ahora se notará mucho.

Keeley pensó que no debía estar allí. Estaba haciendo perder el tiempo a la universidad y a sí misma. Estúpido Zach. Esta era la universidad de sus sueños, no la de ella. Él también lo sabía, pero ¿había evitado eso que la presionara para venir? ¡No! Siempre hacía cosas así. Tramaba cosas a sus espaldas y luego la hacía sentir mal si no obedecía sus planes. En adelante debía decirle que no. Se trataba de su vida, a fin de cuentas.

Cuando el grupo empezó a moverse, Keeley y Talon se escaparon por detrás. El guía dirigió al grupo hacia un edificio que estaba en el extremo izquierdo. Talon avanzó hacia la derecha, haciendo seña a Keeley de seguirle. Cuando el grupo se alejó por la esquina, Keeley agachó la cabeza y corrió tras Talon.

—¿Ahora qué? —se preguntó en voz alta. Estaban detrás de un antiguo edificio en el borde del campus. Solos.

Estaba contenta de haberse despegado del grupo, pero le entró un poco de timidez. En el tren había otros pasajeros. Aquí estaban solos ellos dos.

—¿Qué es lo que más te apetecía de este sitio?

«Tú.» Pero no lo dijo en voz alta.

—No sé. Sinceramente, no sé mucho de este sitio. Zach quería que viniese y he venido. —¿Sonaba muy patético eso?—. ¿Y tú? ¿Quieres ver algo en particular?

—Yo estoy en el mismo barco. Barnett no está entre mis preferencias, pero querías que viniera y he venido. Me has intrigado desde que nos cambiamos los teléfonos.

Keeley notó que se le encendía el rostro.

—¿En serio?

Talon le rodeó la cintura con el brazo.

—He venido para conocerte mejor, Keeley.

Sus palabras le dieron vértigo pero ella también tenía preguntas que hacerle.

—Entonces, ¿por qué hiciste como si no fuésemos a volver a vernos jamás cuando me llamaste borracho? ¿Y por qué te fuiste así de Java Hut?

Talon la atrajo hacia él hasta que estuvo lo bastante cerca como para apoyar la cabeza en su hombro. En voz baja, de forma que solo ella pudiera oírlo, le susurró:

—Siempre estoy cometiendo errores contigo, ¿verdad?

Keeley intentó no hacer caso de su estrecha proximidad, pero era difícil teniendo en cuenta que él lo llenaba todo.

—¿Podrías explicármelo simplemente, por favor?

Talon se apartó.

—Me gustaría que lo pasáramos bien en este viaje. ¿Podemos dejar lo otro para más tarde? Por favor.

Fue el «por favor» lo que la convenció. Sí, podía esperar. No tendría otra oportunidad como esta de nuevo. Esta nueva Keeley iría a por todas.

—¿Qué quieres hacer entonces?

Él señaló el edificio.

—¿Qué crees que hay ahí dentro?

Keeley recordó el plano del campus.

—Una sala de lectura.

—Vamos a echar un vistazo —dijo Talon, cogiéndole la mano.

Entraron silenciosamente. ¡El aula era enorme! Parecía un estadio en miniatura. Habría al menos doscientas personas, todos tecleando furiosamente en sus ordenadores mientras la mujer daba apuntes sobre aminoácidos. ¿Así es como iba a ser la universidad? Keeley vio a una chica que estaba jugando con su móvil. Ella haría lo mismo.

Talon le dio un codazo y articuló la palabra «aburrido» con los labios. Keeley asintió. Para esto podrían haberse quedado con el grupo de la visita.

Mientras salían de puntillas, Talon comentó:

—Uau. Qué intenso.

—Y que lo digas.

De alguna manera, ver a aquella chica hizo que Keeley se sintiera mejor. Quizá no todos los alumnos universitarios fuesen ambiciosos ni tuviesen las cosas claras. Quizás algunos seguían a la deriva, como ella. Le silbó el móvil.

Randy: ¿Dónde os habéis metido?

Ostras. Keeley le enseñó el mensaje a Talon.

—No sé qué decirle.

—Dile que nos hemos pirado.

—Pero no le hemos invitado a venir con nosotros. Es de mala educación.

Talon la miró como si estuviera viendo algo nuevo.

—¿Desde cuándo te andas con tantos miramientos? Trae. Yo se lo digo. —Talon le cogió el teléfono.

Nos hemos pirado. HL.

—Problema resuelto. —Talon apagó el móvil de Keeley e hizo lo mismo con el suyo—. Ya está. No hay distracciones. Solo nosotros y el campus.

Pero ¿y ahora qué? No tenían rumbo.

Talon no parecía tener el mismo dilema. Cogiéndola otra vez de la mano, la condujo a otro edificio.

—Vamos a hacer nuestro propio circuito.

Pasaron el resto del día explorando el campus. Improvisaban adónde iban y lo que hacían, y era fabuloso. No existía la obligación de comportarse así o asá ni de decir esto o aquello. Keeley podía ser sencillamente... ella misma. Bueno, la versión de sí misma que aparecía cuando Talon estaba cerca.

Qué suerte que hubiese venido a este viaje. Se estremecía ante la idea de tener que soportar a Randy todo el tiempo. Randy nunca la había aceptado como era; parecía que siempre le exigía ser algo más. Pero ¿más qué? No lo sabía. Y eso la cohibía. Como si no estuviera a la altura. Pero Talon... bueno, él parecía aceptarla como era.

Se estaba haciendo tarde y estaban paseando por una de las residencias cuando pasó un grupo de chicos barulleros. Iban dando invitaciones naranjas. Al principio parecía que las entregaban de forma aleatoria, pero luego Keeley comprendió que eran selectivos: solo escogían a personas muy atractivas.

—Esta noche fiesta, colega —le dijo uno a Talon, dándole una invitación y haciendo como si ella no existiera—. Mogollón de priva gratis. Y tías. —Soltó un silbido agudo—. Las mejores del campus.

Talon le devolvió la invitación.

—Paso.

—¡Venga, tío! Va a ser épico. Tenemos hasta una fuente de hielo para las bebidas. —De nuevo, hablaba directamente a Talon, como si ella ni siquiera estuviera allí presente.

Talon incluyó a Keeley en la conversación con un gesto.

—Hemos venido a visitar el campus. Ni siquiera estudiamos en Barnett.

—¡Mucho mejor! Os enseño yo todo el percal, para que veáis cómo funciona esto de verdad.

—Vale. —Talon miró a Keeley—. Vamos solo si tú quieres.

Que la tuviese en cuenta conmovió a Keeley. Si hubiese sido Randy, no le habría consultado. ¡Qué narices! Ni siquiera la hubiera incluido en la conversación.

—No me interesa —dijo Keeley.

Talon pareció aliviado.

—Lo siento, tío. Pero gracias de todos modos. —Apoyó una mano en la espalda de Keeley y susurró—: Larguémonos de aquí. —Siguieron por uno de los pasillos, pero se perdieron enseguida. Al final alguien les indicó la salida, pero una vez fuera comprendieron que estaban en el extremo opuesto de aquel por el que habían entrado.

—Había olvidado lo cerca que está la playa —dijo Keeley, contemplando al otro lado de la calle un tramo largo de arena blanca y mar azul. Varias palmeras salpicaban la zona, ofreciendo algo de sombra. Tampoco es que la necesitaran, el sol se había puesto casi por completo. En el cielo apenas quedaban unos jirones naranja y rosa.

—Tengo una idea. Ven conmigo. —Bajaron por la calle que discurría paralela a la playa. Se pararon delante de un supermercado y Talon la hizo pasar y luego le dijo que lo esperara—. No tardo.

Volvió al cabo de unos minutos con dos bolsas grandes y una sonrisa traviesa. Levantó el codo en una invitación silenciosa y Keeley enroscó sus manos con las de él, siguiéndolo. Confiaba por completo en él. No habría deseado estar en ningún otro lugar.

Cruzaron la calle hasta la playa y se descalzaron cuando llegaron a la arena. Talon la llevó hasta los restos de una fogata en la que todavía quedaba leña sin quemar. Sacó cerillas, biscotes Graham y una tableta de chocolate. Todo era como tenía que ser.

—¿Vamos a hacer galletas de chocolate y malvavisco?

Sus ojos azules brillaron a la luz de la luna.

—Rectificación. Galletas de chocolate y Píos.

—¿No es lo mismo?

Talon apoyó el reverso de su mano en la frente de Keeley.

—¿Te encuentras bien? Estás delirando.

Keeley sonrió.

—Eres un adicto. ¿Cuántas horas puedes aguantar sin comerte uno? ¿Tres? ¿Cuatro? ¿Empiezan a temblarte las manos cuando no tienes la siguiente dosis?

—Tú apoya el culo en la arena y prepárate para flipar —ordenó Talon, prendiendo una cerilla. Mientras los troncos empezaban a arder, reunió el chocolate y los biscotes—. Oh-Oh —dijo después de abrir el paquete de Píos—, he olvidado coger algo donde tostarlos.

La punzada de decepción asombró a Keeley. No había comprendido lo mucho que deseaba estar allí, tostando Píos con él, hasta ese momento. Y no iba a dejar que algo tan minúsculo la detuviese. Encontraría algo. Aunque le llevara toda la noche.

—Espera. —Corrió a un árbol donde recordaba haber visto ramitas. Encontró dos largas y finas, perfectas para asar.

—Eres mi heroína —exclamó Talon. El corazón de Keeley palpitó con fuerza. ¿Tenía Talon la menor idea del efecto que causaba en ella?

Talon le dio un Pío, pero no sin antes hacerle prometer que no lo quemaría. Asaron los Píos y luego los deslizaron con cuidado dentro de los biscotes con el chocolate. Los Píos se deshicieron en una masa de malvavisco derretido, mezclándose con el chocolate. De pronto, se le hizo la boca agua.

—Vale —dijo Keeley después de dar un buen bocado—. Tengo que reconocer que están buenísimos.

El azúcar exterior de los Píos se había fundido en una costra caramelizada, dando un punto crujiente a la viscosa golosina. Se comió otro antes de poner punto final.

Observó como Talon cogía un Pío hinchado de una rama y se lo zampaba de un solo bocado. Debía de estar muy caliente porque se puso a hacer muecas y a aspirar aire, intentando enfriarlo. Estaba de lo más ridículo así, con los labios fruncidos, buscando aire desesperadamente.

Keeley necesitaba saber algo...

—¿Por qué Píos?

—¿Qué quieres decir?

—De todas las cosas que podrían gustarte... ¿por qué los Píos?

—Porque son fantásticos. ¿Por qué si no?

—No. Esto va más allá de que te gusten simplemente. —Su obsesión era rara. Como sabía que Talon no se lo explicaría así sin más ni más, le dijo—: Aquí hay una historia. Desembucha.

Talon se alejó de su lado, y el fuego formó sombras profundas en su cara.

—Creo que es porque mi abuelo siempre me los compraba. De pequeño, estaba... bueno, estaba gordo. Y los niños se burlaban de mí. Una vez el abuelo me encontró llorando en el granero. Sentí muchísima vergüenza. Creí que me iba a decir que me aguantara y que dejase de comportarme como un crío, pero lo que hizo fue abrir un paquete de Píos. No dijo ni mu en todo el tiempo. Nos limitamos a comer y, cuando terminamos, me dio una palmadita y me dijo que se sentía orgulloso de mí.

—Parece que estabais muy unidos —murmuró Keeley, deseando sonar bien. Recordó cuando el padre de Nicky había muerto. Fue como andar pisando huevos constantemente, esa fue su sensación.

—Lo estábamos. Pasábamos juntos mucho tiempo. Me llevaba a hacer *geocaching* los fines de semana. —Ante su mirada perpleja, explicó—: Es como una búsqueda del tesoro. Nos creíamos piratas y nos pasábamos el día entero explorando sitios nuevos. En mi familia, todos pensaban que estábamos locos, pero era divertido. Él era divertido.

—¿Sigues haciendo geo como se llame?

—*Geocaching*. Y no, no he vuelto a hacerlo desde que murió. Supongo que podría hacerlo aquí, pero no es lo mismo. Era algo nuestro.

Keeley chocó sus rodillas con las de él.

—No estabas gordo de verdad, ¿a que no?

—Lo estaba. ¡Te lo juro! No di el estirón hasta los trece años. Justo cuando nos vinimos aquí. Tenías que haber visto lo tímido que era.

—¿Por eso no tienes ninguna foto tuya en el móvil?

Talon esquivó la pregunta diciendo:

—Tú tampoco tienes ninguna.

—Eso es porque el móvil es nuevo. Tu obsesión con los Píos tiene mucho más sentido ahora. Estoy hasta un poco celosa. Ojalá tuviera tanta pasión por algo yo también.

—Va, venga, seguro que hay algo.

—Créeme, no lo hay. Tengo que escribir una redacción para la universidad este fin de semana. Se supone que tengo que contarles algo de mí, pero no tengo nada que decir.

—A lo mejor tu redacción debería ser eso: una página en blanco —bromeó.

—¡No, en serio! Toda esta historia de la universidad me está volviendo majara. Mi vida siempre ha sido igual. Siempre he tenido los mismos amigos, he hecho las mismas cosas, y ahora es todo... —Usó las manos para imitar una explosión—. Me da miedo que cambie, ¿para que luego me quede qué? Nada. —Zach y Nicky cambiarían y madurarían y la dejarían atrás.

—Te diré lo que te quedará: tú.

—Pero ¿y si no soy suficiente?

Talon masajeó los hombros de Keeley, trabajando los nudos.

—¿Suficiente para qué?

—No sé. La vida. La familia. Los amigos. Todo lo anterior.

—Estás basándolo todo en lo que piensan los demás. ¿Qué piensas tú?

Keeley se mordió el labio, luego se apoyó en él, dejando que cargase con todo su peso.

—No lo sé.

Talon le alisó el pelo y apoyó su cabeza en la de ella.

—Gatita, por lo que he visto hasta ahora, el tú que eres ahora no está nada mal.

Talon imprimió un beso suave en su frente. Luego otro en la sien. La respiración de Keeley se tornó irregular cuando él le rozó la mejilla. Se arrimó más y Keeley tembló a pesar del calor de su cuerpo. En perfecta armonía, casi como si lo hubieran planeado, él agachó la cabeza al tiempo que ella la levantaba. Sus labios se encontraron.

Fue un momento de admisión. De sentimientos plenamente expuestos. Keeley sintió miedo, inseguridad, pero él aceptó lo que ella tenía para dar y lo devolvió con el mismo empeño. Él se apartó primero, su respiración tan irregular como la de ella. Los ojos de Keeley trazaron el contorno de su boca. Había sido un extraño, pero ya era mucho más. Sentía que lo conocía mejor que a nadie.

—Estaba deseando hacerlo —le dijo Talon.

—Y yo.

La besó de nuevo.

Capítulo 13

Quiero olvidar

•••

—Próxima parada, Main Street. Main Street, próxima parada —anunció una voz electrónica por el interfono del tren.

—Hogar, dulce hogar —dijo Keeley. Miró a Talon, que seguía dormido en el asiento contiguo—. Talon, despierta —le canturreó al oído.

Keeley gozaba de una energía asombrosa, a pesar de que se había quedado levantada durante horas para jugar a videojuegos con algunas chicas de la residencia. Si la universidad era eso, podría acostumbrarse a ella.

—Déjame —farfulló Talon.

—Talon —repitió, esta vez más alto. Como seguía sin moverse, le dio un codazo en un costado—. Duermes como un tronco.

—Si fuese un tronco, ¿me dejarías tranquilo?

—Tienes que espabilarte o se nos pasará la parada.

Se desperezó justo cuando el tren se detenía. Cogieron su equipaje del compartimento superior y bajaron al andén.

—¿Quieres que te lleve a casa? —le preguntó Talon, rebuscando las llaves de su coche en la mochila.

—Me recoge mi hermano.

—¿Zach? —preguntó Talon. De pronto parecía completamente despierto.

—Tendría que estar aquí ya. Le he enviado la hora de llegada del tren en un mensaje.

Súbitamente Talon agarró a Keeley de los hombros con ambas manos, obligándola a mirarlo.

—Keeley… yo-o… —titubeó y se frotó la cara con la mano—. Mierda. Vale, escucha, yo… —se quedó sin voz, con una expresión ligeramente incómoda.

—¿Me quieres decir cuál es el problema? No vas a conocer a mis padres ni nada de eso.

—Keeley…

Los ojos de Keeley brillaron cuando vio a su hermano. Meneó el brazo en el aire, intentando captar su atención.

—¡Zach! —gritó.

Zach le hizo una seña con la barbilla y avanzó hacia ellos.

—Keeley —dijo Talon con urgencia, sacudiéndole los hombros—. Escúchame. Tengo algo que decirte…

—Hola, Keels —la saludó Zach mientras se acercaba a ellos.

Los ojos de Talon se cerraron durante un breve segundo; su expresión era una mezcla de resignación y terror.

—Talon, quiero presentarte a mi hermano Zach. Zach te presento a…

—J. T. —terminó Zach la frase—. ¿Qué leches estás haciendo con mi hermana?

—¿J. T.? —Keeley palideció como una muerta. Tenía

que ser un error. No podía ser J. T. Lo habría comentado durante uno de sus paseos.

«¿No?»

La duda empezó a invadirla.

—Gatita —le susurró en voz baja, las palabras apenas audibles.

—¿Qué está pasando aquí, Keeley? —exigió saber Zach.

Keeley hizo como si Zach no existiera, con los ojos clavados en el chico que tenía delante.

—¿Eres J. T.?

La cara de Talon se retorció.

—Keeley...

—¿Eres el quarterback del equipo de Crosswell? —La expresión de Talon lo decía todo. Había confiado en él. Le había confesado cosas que ni siquiera sabía su mejor amiga.

—Keeley, espera. Deja que te lo explique. —Talon quiso cogerle las manos, pero ella se las metió en los bolsillos—. Lo que te dije ayer de esperar al final del viaje para hablar de todo. Yo...

Zach desvió la mirada hacia su hermana.

—¿Has ido a Barnett con él? ¿Cómo has podido?

A Keeley no le gustó el tono crítico de su voz. No era una cría a la que había que regañar.

Talon se interpuso entre ellos.

—Apártate, Brewer. Esto es entre Keeley y yo.

Las fosas nasales de Zach se inflaron.

—No hay un Keeley y tú.

—Yo no estaría muy seguro de eso —replicó Talon.

¿En serio pensaba Talon que podrían retomarlo donde lo habían dejado después de haberle mentido?

—¿Qué quieres decir con eso, Harrington? —gruñó Zach.

—¿Qué crees que quiero decir? —contestó Talon, cada vez con mayor engreimiento.

Zach dio un paso amenazante hacia él.

—¡Como le hayas puesto una mano encima...!

¿Por qué estaban hablando como si ella no estuviera presente?

Talon enderezó los hombros, elevándose en toda su altura.

—Solo he hecho lo que ella quería que hiciera —dijo con tono burlón.

No solo le había mentido sobre su identidad, sino que además estaba mintiendo sobre su relación, haciendo que pareciera más de lo que era —solo se habían besado—, pero también menos de lo que era realmente. El autocontrol de Keeley se quebró.

—¿Perdona? —interrumpió en voz baja y tranquila, ocultando su furia.

Talon palideció al darse cuenta de lo que había dado a entender.

—Me he explicado mal. No quería decir eso. Sabes que no quería.

—No sé qué querías decir, J. T. ¿Y quieres un consejo? Actuar como un gilipollas no va a hacer que te crezca la tuya. —Ya había tenido suficiente—. Vámonos, Zach.

—Gatita, escúchame.

Ese apodo. Le dolió tanto que tuvo que cerrar los ojos.

—No es lo que piensas. No estaba jugando contigo. Era real. ES real.

Keeley tenía que marcharse antes de venirse abajo.

—¿Te vas a ir así sin más? —dijo Talon cuando ella se echó a andar—. Nunca pensé que fueras una cobarde.

—Y yo nunca pensé que fueras un embustero. Será que no nos conocemos tan bien como creíamos.

Keeley subió al coche. Su hermano se sentó en el

asiento del conductor, las manos aferradas al volante. Su cara era una mezcla de ira y traición.

—¿Vas a decirme de qué va todo esto? ¿Por qué estabas con él? ¿Y cómo es que lo conoces para empezar?

—No quiero hablar de eso ahora. —Quería volver a su casa y olvidar todo el asunto. Olvidar incluso que lo había conocido.

—¿Estás saliendo con él? —insistió Zach.

—Déjalo, Zach.

—Dime, ¿estáis saliendo? Creo que tengo derecho a saberlo.

¿No se daba cuenta de que estaba a punto de desmoronarse?

—No estamos saliendo. Ahora, ¡¿puedes callarte y conducir?!

—¿Qué te pasa? —preguntó Zach incrédulo.

—¿Que qué me pasa? —repitió Keeley a media voz—. Lo que me pasa es que no quiero hablar. Solo quiero ir a casa. —Su voz se quebró en la última palabra, para sorpresa de ambos.

Se hizo un silencio incómodo mientras Zach buscaba a tientas las llaves del coche.

—Mm... —farfulló, evitando mirarla— ¿Has visto...?

—Están en el contacto —dijo Keeley con voz acartonada.

Sentada en el coche, de camino a casa... todo era exactamente igual y sin embargo diferente. Tal vez era ella la que había cambiado. Durante todo aquel tiempo se había comportado como si la chica que escribía a Talon fuera otra, pero quizás esa chica formase parte de su yo real, un yo que no había mostrado a mucha gente. Y otra cosa: le gustaba esa chica. Quería más de esa chica.

Esta revelación le hizo pensar en Talon. Puede que él estuviese haciendo lo mismo, pero a la inversa: que el chico que había visto hacía un rato en la estación —el que se metía en líos y decía cosas soeces— fuese su auténtico yo, y el chico que le había mostrado por teléfono y durante el fin de semana fuese una impostura. Un embuste. Pero incluso si era una impostura, tenía que haber algo de verdad, ¿no? Tal vez esa persona también formaba parte de él. Aunque no la totalidad, simplemente. Pero si lo consideraba un mentiroso, ¿significaba eso que ella también lo era?

Cuando llegaron a casa, Keeley se fue directa a su dormitorio. *Tucker* intentó seguirla, pero lo dejó fuera. No estaba de humor. Ni para *Tucker*. Ni para su hermano. Ni para nadie.

Le sonó el móvil. Era su tono de llamada. Antes de ser consciente de sus actos, había cruzado el dormitorio y cogido el teléfono. No pudo apartar los ojos de la pantalla, su nombre brillaba intermitentemente como una luz de neón.

Talon era J. T.

J. T. era Talon.

Keeley apretó el botón rojo de rechazo, remitiendo su llamada directamente al buzón de voz. ¿Se había inventado ese nombre? ¿Por qué no le había dicho la verdad?

Zach asomó la cabeza, sonriendo con prudencia.

—Te has dejado la bolsa en el coche. Te la he traído. —La dejó en el suelo y luego se demoró en la puerta.

—No estoy preparada para hablar de esto —dijo Keeley. Zach no se movió. Ella empezó a enfadarse—. ¿Por qué no puedes dejarme en paz? ¡Esto no tiene nada que ver contigo! ¡Se trata de mí y de mis sentimientos!

—Keeley…

No quería escucharlo.

—¡Déjame en paz!

—Solo quería ver si estabas bien.

—Pues no lo estoy. Estoy deprimida y enfadada y confusa. Ya está. ¿Te sientes mejor? —Zach seguía plantado en la puerta. Mirándola—. ¿Qué quieres, Zach?

Sin una palabra, se acercó a ella y la abrazó. La silenciosa aceptación la quebró. Desplomada contra su pecho, dejó correr las lágrimas.

Capítulo 14

No quiero escuchar

...

Habían transcurrido tres días desde la revelación de la verdad sobre Talon y su traición seguía siendo tan dolorosa y cruda como en el primer momento. Keeley descubrió que enterrarse bajo una montaña de deberes la ayudaba. Reservó, incluso, una sala de estudio en la biblioteca pública. Tenía su gracia que finalmente hincase los codos por culpa de un desengaño. No tenía en mente un objetivo claro, pero quizás esto la orientase hacia algún fin.

Estaba en la sala de estudio, preparándose para su primer examen de matemáticas, cuando Talon entró.

—¿Qué haces aquí? —preguntó Keeley. ¿Cómo sabía siquiera que estaba en la biblioteca? ¿La había seguido? De este chico no podía extrañarle nada. No tenía ganas de verlo ni de hablar con él.

—He pensado que deberíamos hablar cara a cara.

—No tengo nada que decirte.

Se dejó caer en la silla frente a ella.

—Bien. Porque no quiero que hables. Solo quiero que me escuches. Y, por favor, ¿podrías tranquilizarte y no parecer que quieres descuartizarme? —dijo mirando sus manos.

Keeley apretaba el bolígrafo como si fuera a clavárselo.

—Lárgate.

—No.

—No pienso hablar contigo. —No quería escuchar una excusa tras otra—. Me mentiste.

—Nunca te he mentido —afirmó impasible.

—Venga ya. —¿De verdad esperaba que se tragase eso?

—Técnicamente, fue una omisión de la verdad. Mi nombre completo es James Talon Harrington IV. Kilométrico, ¿eh? —Le dedicó una tímida sonrisa para hacerse el simpático.

—¿Y entonces cómo narices te llamo? ¿James? ¿Talon? ¿J. T.? ¿El conejito de Pascua?

—Talon —dijo con firmeza—. Siempre me llamas Talon.

¿Siempre?

—¿Sabes qué te digo? No tengo tiempo para esto. Tengo que seguir estudiando.

—Pues estudia —dijo, indiferente.

Keeley lo miró de hito en hito.

Él le devolvió la mirada.

—¿Te vas? —le preguntó.

Talon se puso las manos en la nuca y se estiró.

—Estoy bien aquí.

—¡No puedes quedarte!

—No puedes echarme de la biblioteca. Es un lugar público.

Keeley señaló el letrero en la puerta.

—Esta es una sala de estudio y tú no estás estudiando. Así que tienes que irte. —Estaba dispuesta a llamar a un adulto si era necesario.

Talon cogió una mochila que ella no había visto debajo de sus piernas.

—Pues menos mal que me he traído libros.

—Talon —suspiró.

Le sonrió desde el otro lado de la mesa.

—Has pronunciado mi nombre. Vamos avanzando.

Era testarudo, había que reconocerlo.

—No puedo hablar contigo ahora mismo. Necesito tiempo.

—¿Cuánto tiempo?

—No lo sé. —No podía poner una cifra a sus sentimientos.

Talon se levantó y caminó hacia la puerta.

—Te llamo el viernes por la noche. Podremos hablar de todo entonces.

Eh. Eh. Eh. Solo quedaban dos días para el viernes.

—No estoy de acuerdo.

—¿Cómo vamos a superarlo si no quieres hablar conmigo?

—¿De qué tenemos que hablar? Me has hecho daño. Punto final. ¿Qué pensabas que iba a pasar?

—Pensé que yo me explicaría y que tú me perdonarías.

¿Realmente creyó que iba a ser tan fácil?

—Merezco más que un reconocimiento de diez segundos de que mis sentimientos importan.

—Nunca he dicho que no importen —dijo con desdén—. ¿Qué quieres, que me humille?

Keeley no estaba pidiendo eso, solo quería cierta consideración.

—Perfecto. Prepárate para un poco de humillación —le espetó Talon, y dio un portazo al salir.

...

Cuando Keeley se preparaba para acostarse esa noche, su teléfono hizo bip con un mensaje. Era una foto de Talon. Sus ojos se abrieron como platos cuando vio lo que era: un Pío de malvavisco azul sentado en lo alto de un cojín. Junto al Pío había una ficha con las palabras «dulces sueños».

El Pío le recordó la fogata en la playa. Aquella noche, ella le había abierto su corazón. Le había contado cosas que ni siquiera se había reconocido a sí misma. Y aquel beso. Se tocó los labios. Aquel beso había sido poderoso. Echó un vistazo al mensaje otra vez. Esto al menos merecía una respuesta.

Bueno es saber que la «humillación» no disminuye la confianza en ti mismo.

Solo mi reputación... pero tú lo vales.

No te pega ser cursi.

Aún no has visto lo que es ser cursi. Soy el rey de la cursilería. Buenas noches, Keeley. Sueña conmigo. ☺

De camino al instituto a la mañana siguiente, recibió otro. Tuvo que mantener la cara seria porque estaba con Zach, pero fue difícil. Era una foto de un Pío azul sentado junto a una taza de café. La tarjeta rezaba: «¿Traes café y crema? Porque mi azúcar eres tú». Keeley salió del coche con paso ligeramente saltarín.

Siguieron llegando fotos durante todo el día, todas ellas con un Pío azul y una tarjeta. Recibió una fotografía de un Pío junto a un lápiz sin punta. En la ficha Talon había escrito: «La vida sin ti es como un lápiz sin punta... se desdibuja».

Durante el almuerzo fue una foto de un Pío azul junto a una caja de chocolatinas. El mensaje decía: «¿Tu madre es pastelera? Porque un bombón como tú no lo hace cualquiera».

Su favorita fue la foto que le llegó en su quinta hora de clase, donde no había Píos, solo la ficha. Decía así: «Perdón, tenía hambre». Rio en voz alta al leerla, lo que le valió una severa reprimenda de la profesora.

No cabía duda, estaba erosionando su resolución. Por momentos le entraban ganas de responder a sus mensajes.

El viernes llegó rápidamente y los mensajes con fotografías no cesaron: una frase trillada tras otra con un Pío azul. Hasta que Keeley empezó a preguntarse cómo era posible que le quedasen más ocurrencias.

—Nunca he visto a un chico tan persistente —susurró Nicky cuando la señora Miller les dio la espalda.

—Ni yo —reconoció Keeley.

El móvil de Keeley volvió a sonar. Con un ojo en la señora Miller, lo sacó del bolsillo y se lo puso en las rodillas. En la foto del mensaje salía un Pío azul y uno rosa sentados juntos sobre la cubierta de un libro de química. Con un rotulador negro había dibujado un teléfono móvil con una pregunta al lado.

Antes de pararse a analizarlo detenidamente, Keeley escribió:

Estoy preparada para hablar.

Escondió el móvil a toda prisa cuando la señora Miller se detuvo delante de su pupitre.

—Keeley, te quedas después de clase.

Keeley se puso nerviosa al acercarse la profesora. No tenía que haber usado el teléfono en clase. Lo sabía de sobra.

—Quiero que comentemos tu redacción —dijo la profesora.

¿Su redacción? Entonces recordó lo rápido que la había escrito, justo después de saber la verdad sobre Talon. Muchas emociones se habían colado en el escrito.

La señora Miller continuó:

—Me ha sorprendido tu tema. Es muy atrevido. No suelo leer muchas redacciones sobre el miedo al futuro.

—Puedo escribir otra. —Había hablado sobre lo que conocía. Mala idea.

—No. Me gusta. Es sincero y real. El objetivo de la redacción era verte, y lo he hecho. Pienso que lo que tienes que trabajar es el final. ¿Cómo puede ayudarte la universidad con ese miedo? Si puedes conectar las dos cosas, creo que habrás conseguido una redacción sólida.

Keeley se sentía aliviada, pero también confusa. ¿Cómo iba a ayudarla la universidad?

Cuando llegó a su taquilla le llegó un tufo extraño. Pellizcándose la nariz, marcó la combinación y tiró de la puerta. Se abrió y una bolsa de lona grande cayó de dentro. El olor a productos químicos la envolvió con tanta fuerza que sus ojos empezaron a llorar. La bolsa le resultaba familiar. La empujó con el pie hacia delante. En un lado, las iniciales ZAB estaban cosidas a la tela.

Zachary Andrew Brewer.

No parecía que dentro tuviera ropa ni un uniforme de fútbol. Cuando abrió la cremallera, vio un pequeño bote de pintura azul, una brocha y un rollo de film transparente. La brocha estaba envuelta en una bolsa de plástico, aún húmeda del uso.

No era un proyecto artístico, se inclinó a pensar Keeley. Era parte de una novatada.

Gavin patinó y se detuvo junto a ella. El pánico se apoderó de él cuando vio la bolsa en las manos de Keeley.

—¿Qué es esto? —preguntó Keeley. Cuando le dijo que podía usar su taquilla, pensó que guardaría libros, no pintura y cosas así.

—Esto… —farfulló Gavin, a todas luces incómodo—. ¿Es… es una bolsa?

—Está claro que es de Zach. ¿Qué ha hecho? Y no me mientas. Sé que esto no es para clase.

Tuvo la sensación de que ya sabía la respuesta.

Gavin se mojó los labios nerviosamente.

—No puedo decírtelo.

—¿Habéis hecho algo contra Crosswell?

—No puedo decírtelo —repitió.

Keeley iba a hacerle más preguntas pero se mordió la lengua. Gavin solo era un mandado, no se atrevía a desobedecer a los jugadores veteranos. Si quería respuestas, tenía que ir a la fuente.

—¿Dónde está Zach?

—Almorzando en las gradas.

Keeley le dio la bolsa.

—Será mejor que te deshagas de esto antes de que la gente empiece a hacer preguntas.

Cerrando la taquilla de un portazo, Keeley se encaminó resueltamente a las gradas. Los jugadores de fútbol estaban en lo alto, aparentemente encantados de sí mismos.

—Tengo que hablar contigo —dijo interpelando a Zach.

Zach dejó a un lado su sándwich y bajó.

—¿Qué pasa?

—Algo apesta y no es solo mi taquilla. He visto el film de plástico y la pintura azul. Le has hecho algo a Talon, ¿verdad?

Él la miró con detenimiento y serenidad.

—Por fin quieres hablar de él, ¿y esto es lo que me dices?

La culpabilidad afloró a la superficie. Ella sabía lo duro que era para Zach no presionarla, y agradecía el respeto, pero no quería contarle nada sobre Talon. Era egoísta, lo sabía, pero Zach no haría sino complicar las cosas.

—¿Por eso le has gastado una novatada? ¿Por lo que me hizo?

—No sé lo que te hizo porque no me lo has contado. Solo sé lo que oí en la estación de trenes y no sonaba bien.

Keeley suspiró. No había manera de escurrir el bulto. Iba a tener que contarle toda la historia.

—Todo empezó el día que quedé contigo en la feria. Nos confundimos de móvil sin querer y no pudimos recuperarlos hasta más tarde porque se fue a entrenar al campamento de fútbol. Comenzamos a chatear y así lo conocí. —Luego le resumió el resto—. No tenía ni idea de que fuera J. T. —dijo Keeley una vez hubo terminado su relato.

—¿Cómo no lo supiste? Lo habías visto en mis partidos.

—Con su uniforme de fútbol y el casco. Nunca le había visto la cara. —Tampoco era que prestara mucha atención al equipo rival. Ella se fijaba en Zach, y ni siquiera se molestaba en ver el partido cuando él estaba fuera del campo.

—No te aconsejo relacionarte con él, Keeley.

A veces el espíritu competitivo de Zach lo cegaba.

—Solo porque sois rivales en el fútbol no significa que sea mala persona.

—No lo conoces.

—¿Y tú sí?

Su tono era feroz.

—Keels, no estoy de broma.

—Puedo cuidar de mí misma. Y ahora dime, ¿qué le has hecho a Talon?

—Se llama J. T., no Talon. ¿Por qué te importa?

—No me parece buena idea que empieces nada. —Si Zach empezaba algo, lo terminaba siempre. Incluso si implicaba meterse en líos.

Zach se pasó una mano por el cabello; parecía exasperado.

—¿Por qué te pones de su parte?

—No estoy haciendo eso. —Las inocentadas no resolverían nada.

—Te está utilizando, Keeley.

—Zach, no quiero pelearme contigo —dijo con calma, intentando aplacarle.

—¡Entonces deja de ser una ingenua y abre los ojos! —gritó Zach. Fin de la conversación. Sin volver a mirarla, regresó con sus amigos.

Las palabras de Zach la habían dejado alucinada. ¿Tan estúpida la creía su hermano?

Pero lo peor era que Nicky parecía estar de acuerdo con él.

—Está sacando las cosas de quicio —le dijo Keeley en el coche de vuelta a casa—. Piensa que estoy tomando partido solo porque no quiero que le gaste una jugarreta a Talon.

Nicky la miró detenidamente, como calibrando su estado de ánimo.

—Bueno, no te lo tomes a mal, pero puede que tenga algo de razón. Ya sé que se lo ha currado con los Píos y eso, pero te mintió. Te ha llamado prácticamente fácil y ya estás perdonándole.

—No le estoy perdonando —insistió Keeley. Simplemente recordaba lo mucho que la había apoyado.

—Odio decirte esto, pero ¿has pensado en la posibilidad de que se haya acercado a ti para vengarse de Zach?

—Se me ha pasado por la cabeza —reconoció Keeley de mala gana.

Puede que Talon la estuviera utilizando para conseguir información sobre su hermano. Zach siempre se quejaba de que J. T. era capaz de usar todos sus cartuchos para ganar un partido. Explotaba las lesiones y las debilidades de otros jugadores sin miramientos. Zach decía que J. T. era un capitán despiadado, sin espíritu deportivo ni respeto por el juego.

Todo se reducía a una pregunta: ¿Quién era exactamente James Talon Harrington IV? ¿Era J. T., que no se detendría ante nada para ganar? ¿O Talon, que no se detendría ante nada para recuperarla?

Capítulo 15

Obtengo respuestas

• • •

La pregunta le rondó la mente el resto del día, incluso cuando se puso a jugar a la pelota con *Tucker*. Keeley recogió el juguete babeado y lo lanzó al otro lado del parque por enésima vez. Casi se le sale el corazón por la boca cuando su teléfono vibró en el bolsillo trasero de sus vaqueros. Talon.

—Hola, gatita.

—Me han gustado las fotos. Los Píos eran adorables.

Talon soltó una risita.

—Los Píos siempre triunfan. ¿Estás ocupada ahora?

—Estoy en el parque con *Tucker*.

—¿Qué parque? Voy para allá.

Diez minutos más tarde, Keeley vio como una camioneta entraba en el aparcamiento, con la pintura negra reluciente como si acabaran de lavarla. La saludó con una sonrisa cándida mientras *Tucker*, que lo veía por primera vez, se acercó corriendo, meneando la cola. Talon se arrodilló para acariciarlo.

—Así que tú eres el afortunado que consigue dormir en su cama… —Cogió la pelota de *Tucker* y la lanzó a campo abierto.

—Entonces… —Como estaba demasiado nerviosa para mirarle, miró a la camioneta—. ¿Mi hermano le ha hecho algo a tu coche?

Talon se metió las manos en los bolsillos.

—Me he despertado esta mañana y estaba envuelto en plástico y pintado de azul.

Así que para eso era el rollo de film. Se preguntó cómo había conseguido Zach enrollarlo sin que lo pillaran. Probablemente se había llevado a Cort y a Gavin de refuerzo. ¿Y si Talon creía que ella tenía algo que ver?

—Yo no le dije que lo hiciera. Ni siquiera supe que tramaba algo hasta esta tarde.

—Lo sé. Lo que pasa entre Zach y yo… es más que simple…

—Ya. Fútbol. —¿Cómo iba a olvidar su constante rivalidad?

Talon parecía visiblemente incómodo mientras se tambaleaba de un pie a otro.

Se hizo un largo silencio. Keeley intentó pensar en algo que decir, pero no podía. Finalmente lo miró, y vio que él también la miraba.

—Odio que me mires así —dijo Talon.

—¿Así cómo?

—Como a un extraño.

—No puedo evitarlo. Ya no sé quién eres.

—Sigo siendo yo. ¿Qué más da si la gente me llama J. T. en vez de Talon?

—Entonces, ¿por qué no me dijiste que eras J. T. desde el principio? —preguntó Keeley.

Los labios de él formaron una línea estrecha.

—Sí, eso mismo pensé yo.

—¡Pero no lo hiciste!

Keeley desvió la mirada. Había mantenido su identidad en secreto a propósito.

—¿Te acuerdas de la primera noche que hablamos? ¿La noche que nos cambiamos los teléfonos en la feria?

Keeley asintió con la cabeza.

—Algo.

—Vale, pues yo recuerdo cada minuto. Recuerdo cada una de las palabras que me dijiste. Fuiste insolente e irritante como un grano en el culo.

Keeley también lo recordaba. Había sido todo una actuación, pero le gustaba pensar que se estaba transformando en esa chica.

Talon continuó.

—Tendría que haberte odiado, pero no lo hice. Recuerdo que pensé lo distinta que eras de las otras chicas. Me gustó. Me gustaba discutir contigo. Me gustaba ponerte de los nervios. No me seguías la bola solo porque era un astro del fútbol. Por eso, cuando me preguntaste mi nombre, te dije que me llamaba Talon. Lo que era verdad… en parte.

—Eso es una chorrada como una casa.

—Según mi experiencia, las chicas se imaginan cómo soy. No te haces a la idea de cómo me siento cuando se dan cuenta de que no tengo nada que ver con su imagen de lo que ha de ser un jugador de fútbol. Es como si ser quien soy no fuera suficiente. Por eso me acojoné, claro. Una chica me había hecho tilín y quería seguir hablando con ella. Por méritos propios.

Keeley permaneció callada y Talon continuó.

—¿Tan malo es eso? —preguntó, con una emoción pura en la voz—. No puedo disculparme por no haberte dicho que era J. T. No me habrías dirigido la palabra.

Era, posiblemente, la «no disculpa» más dulce que había recibido en su vida.

—Puedo disculparme por lo que le di a entender a Zach. —Hizo una pausa y tragó con fuerza—. Perdona, Keeley, por decir lo que dije. No era mi intención hacerte daño.

—¿Entonces por qué lo hiciste? —susurró ella.

—Porque soy un idiota. —Su descarada afirmación hizo que la comisura de los labios de Keeley se curvara—. Pero no me arrepiento de esto. —Le cogió la mano, mientras se le iba apagando la voz—. No me arrepiento de haberte conocido, gatita.

El corazón de Keeley latía con fuerza.

—¿Sabías que era la hermana de Zach antes de Java Hut?

—No —respondió.

—¿Me estás utilizando para vengarte de mi hermano? —preguntó, expresando su más profundo temor.

Los ojos de Talon se abrieron como platos.

—¿Qué?

—Ya me has oído —dijo Keeley con suavidad, sin apartar los ojos de los suyos.

Keeley intentó obviar la leve descarga de adrenalina que sintió al tacto de su mano.

—Te conozco ya desde hace un tiempo. En todo este tiempo, ¿te he preguntado siquiera por él?

—No —reconoció. Buscó signos de culpabilidad en su cara, pero no había nada.

—Me gustas, Keeley. Empezaste a gustarme antes de saber que eras la hermana de Zach.

—Tú también me gustas. —Estos sentimientos nunca habían desaparecido.

Talon le pasó un brazo por el hombro, atrayéndola hacia su pecho.

—Si te preocupa Zach, podemos llevarlo en secreto.

Keeley se apartó de él.

—No estoy segura de estar preparada —dijo.

El teléfono de Talon emitió un bip y le echó un vistazo. Un recordatorio.

—Será mejor que vuelva. Mi padre cree que estoy haciendo recados. —Keeley tomó aliento cuando Talon se inclinó y le plantó un beso rápido en la nariz—. ¿Y si nos lo tomamos con calma? Déjame invitarte a salir. Mañana por la noche. A las ocho. ¿Estás libre?

Lo estaba, pero ¿debía ir? Solo era una cita, al fin y al cabo.

—A las ocho. Mañana por la noche.

Estaba a medio camino del coche cuando la llamó:

—¡Ah! Y Keeley, ponte zapatillas cómodas.

—¿Zapatillas cómodas? —se preguntó Keeley en voz alta. Examinó a Nicky, que estaba despatarrada en el suelo. Nada más volver del parque, se había puesto a hacer los deberes con su amiga—. ¿Adónde crees que me llevará?

—A algún sitio donde tendrás que caminar un montón.

—Pero es raro, ¿verdad? Me esperaba una peli o una cena.

—Por lo menos te lleva a algún sitio, como una cita de verdad. Hoy en día los tíos solo quieren pasar el rato.

Pensándolo bien, Keeley se dio cuenta de que nunca había tenido una cita oficial con Randy. Todo había empezado con los mensajes y al poco —¡pumba!— ya eran novios.

Nicky se enderezó sobre un codo.

—¿Crees que salir con él es buena idea? Viendo como está todo con Zach… la cosa se puede poner fea.

—Lo sé. —Pero estaba cansada de dejar que los problemas de Zach gobernaran su vida. Quería tomar sus propias decisiones. Encontrar su propia voz. Tal vez solo entonces se convertiría en la persona que había visto oculta—. Pero al menos quiero intentarlo y quedar con él. Ver por dónde van los tiros.

—Si lo tienes claro, lo tienes claro. —Nicky cerró su libro de golpe—. Será mejor que me vaya. Mi madre me espera dentro de veinte minutos.

—¿No puedes quedarte a cenar? Mi madre ha hecho tus patatas favoritas.

—No sabes cómo me apetece, pero le prometí a mamá que estaría en casa cuando volviera del trabajo. Guárdame algunas.

Cuando bajaban las escaleras, la madre de Keeley salió de la cocina.

—Estaba pensando que podríamos celebrar una noche de juegos mañana. ¿Estás libre, Nicky?

¿Mañana? Era el día de su cita.

—Haré empanada al horno —prometió la madre.

Nicky arrastró los pies, visiblemente incómoda.

Keeley estaba dividida. A su amiga le encantaban las noches de juegos en familia. Como solo eran ella y su madre, las oportunidades de que Nicky hiciera cosas en familia eran escasas. Pero Keeley tampoco quería cancelar su cita con Talon. Nunca había sentido nada igual por un chico. Qué narices. La noche de juegos podía organizarse cualquier otro día. Y Nicky lo entendería.

—Mamá… tengo otros planes para mañana por la noche.

—¿Vais al cine, chicas?

—Mm… bueno, ve-verás… —tartamudeó. Las palabras se atascaban en su garganta. Estaba tentada de mentir y decir que sí. Habría sido mil veces más fácil que contar la verdad.

—¿Qué pasa, cariño? —la animó su madre.

—Voy a salir, pero no con Nicky. —La respuesta despertó el interés de su padre.

—¿Con quién vas a salir? —preguntó el padre—. ¿Con Randy?

—No. Con otra persona. —Keeley notó que se sonrojaba.

—¿Una cita con un chico? —preguntó su madre alegremente.

Si bien ella la animaba a salir para que conociese a gente nueva y no pasara tanto tiempo en casa, su padre era más cauto. Le costaba un tiempo confiar en las personas.

—Yo me tengo que ir ya —interrumpió Nicky, señalando la puerta con los pulgares. Se despidió con la mano antes de que Keeley pudiera detenerla.

—¿Cómo se llama? —preguntó el padre.

—Talon —vaciló; luego añadió—: Pero casi todo el mundo lo conoce como J. T. Harrington.

Un destello de inquietud recorrió la mirada del padre.

—¿El quarterback de Crosswell? ¿El número siete?

—El mismo.

—Ah. ¿Y lo sabe Zach?

Keeley se miró los pies, golpeando las puntas contra el suelo de madera.

—Lo de la cita no.

—Vas a tener que decírselo.

A juzgar por sus reacciones previas, Zach no iba a tomárselo muy bien.

—No quiero decírselo. No hasta que sepa si la cosa va a más. —Hizo una pausa—. Me gustaría que esto quedara entre nosotros por ahora, ¿vale?

Sus padres se miraron. Al final, el padre asintió con la cabeza.

—De acuerdo, pero no podemos mantenerlo en secreto para siempre. Aunque por una cita no pasa nada, supongo…

—¿A qué hora vendrá a recogerte? ¿Vamos a conocerle? —preguntó la madre.

La idea de sus padres hablando con Talon la puso nerviosa.

—¿Es realmente necesario?

Su madre sonrió.

—¿Tienes miedo de que te avergoncemos? —Keeley se sonrojó—. ¿Y si te prometemos que no le enseñaremos fotos de cuando eras pequeña?

—A mí me preocuparían más las historias —metió baza el padre—. Cariño, ¿recuerdas esa de Halloween, cuando tenía seis años? Quería regalar a toda la clase una chuchería especial y repartió las barritas que encontró en tu bolso.

—Papá —gruñó Keeley.

—Una chuchería especial, desde luego —dijo la madre con una risita—. Imaginad mi sorpresa cuando recibí una llamada de la maestra preguntándome por qué mi preciosa hija había pensado que era buena idea dar un tampón a todo el mundo.

—Por favor, ¿puedes no contarle eso a nadie? ¿Jamás? —pidió Keeley.

Su madre se limitó a sonreír.

•••

Esa noche Keeley no podía conciliar el sueño. Se levantó de la cama y bajó las escaleras con *Tucker*. Giró por el pasillo y la sorprendió ver encendida la luz de la cocina.

—¿Zach? —dijo con voz ronca. Estaba sentado a la mesa pequeña, en el rincón del desayuno. Tenía delante una tarta a medio comer y su teléfono—. ¿Qué haces levantado?

Dejó el tenedor en la mesa y apartó a un lado el teléfono con el codo.

—Yo podría preguntarte lo mismo.

—No podía dormir. —Después de la pelea entre ambos, Keeley no estaba muy segura de en qué punto se hallaban.

Zach empujó la tarta al centro de la mesa.

—Siéntate.

Keeley cogió un tenedor y se sentó enfrente. Compartieron la tarta de manzana por turnos, como cuando eran pequeños.

—¿Qué pasa? —preguntó finalmente Zach.

Era la ocasión perfecta para contarle lo de Talon, pero se sentía incapaz.

—Estoy dándole vueltas al año que viene. No tengo ni idea de qué voy a hacer. O de lo que se supone que debo hacer. —Era verdad, pero no toda la verdad—. ¿Y tú? ¿Por qué estás despierto?

Si Keeley no hubiese estado atenta, no habría reparado en la mirada furtiva que Zach lanzó a su teléfono. Se lo quitó antes de que pudiera evitarlo.

—Devuélvemelo —exigió. Intentó quitárselo de las manos pero Keeley fue más rápida.

Era una fotografía de Zach y una chica morena sentados en un banco de la playa. Sus brazos rodeaban la cintura de la chica, que tenía las manos cruzadas sobre sus rodillas. Ella estaba vuelta hacia él, el hombro y la cabeza apoyados en su pecho. La cabeza de Zach se inclinaba hacia atrás, la boca abierta, riendo.

Keeley no conocía de nada a la chica.

—¿Quién es?

—No es de tu incumbencia.

En la foto, Zach llevaba el pelo más corto y las mejillas ligeramente más carnosas. Keeley comprendió que la foto debía de tener algún tiempo. Aumentó el zoom sobre la mano de la chica. En el dedo medio lucía un anillo de graduación de plata con una piedra azul. Era igualito al que Zach, supuestamente, había perdido en el primer año de instituto.

—Lo perdiste, ¿eh? —dijo Keeley.

—Como he dicho, no es de tu incumbencia. —Le arrancó el móvil de las manos—. Me voy a la cama.

Keeley le escondía secretos a Zach, pero nunca hubiera imaginado que él hiciera lo mismo. ¿Qué más cosas no le había contado?

Capítulo 16

Tengo una cita

•••

Llamaron al timbre. Keeley bajó corriendo las escaleras antes de que sus padres pudieran abrir la puerta. Por suerte, Zach había salido con sus amigos y no tuvo que preocuparse de darle explicaciones. Sus manos temblaron ligeramente mientras se alisaba el pelo y se estiraba la ropa. Le había llevado más de una hora elegir qué ponerse. Al final se había decidido por unos vaqueros, su camiseta morada favorita y unas zapatillas de bota blancas. Incluso se había rizado el pelo y maquillado.

Todo iba a salir bien. Tal vez si se lo repetía suficientes veces, se haría verdad. Con una última revisión a su ropa, giró el pomo y abrió la puerta. La boca se le secó al verle. A la luz del porche, sus cabellos rubios parecían de oro.

—Hola, gatita. Estás guapísima. —Entró en la casa y la abrazó.

Keeley se sintió mal por apartarlo de ella tan rápido, pero no quería demorarse. Sus padres estaban muy cerca. En ese momento oyó pasos. Demasiado tarde.

—Tú debes de ser J. T. —dijo la madre, sonriéndole cálidamente. Talon se enderezó—. Es un placer conocerte por fin. En todos estos años, no creo que hayamos tenido nunca la ocasión de conocernos. Normalmente te vemos siempre en el campo.

—Talon, mamá —corrigió Keeley.

—J. T. o Talon, no pasa nada, señora Brewer. Sé que esto de tener varios nombres es un lío —dijo dedicándole una sonrisa que pareció conquistarla.

La madre cerró la puerta detrás de ella, lo que puso en tensión a Keeley. ¿Y si empezaba a enseñarle fotos de cuando era pequeña o a contarle anécdotas penosas?

—Ven al salón —dijo la madre—. ¿Tienes hambre? Acabo de preparar unas galletas. Crema de cacahuete con chispas de chocolate blanco. Las favoritas de Keeley.

—Huelen de maravilla —dijo Talon.

—¿Quieres leche para acompañarlas? Tenemos helado también. Vainilla, chocolate, chocolate con nueces...

—Mamá, tenemos que irnos —interrumpió Keeley. Era capaz de ofrecerles el frigorífico entero si no se iban pronto. Rápidamente, condujo a Talon fuera de la casa y a la entrada del jardín.

—Parece maja —comentó Talon.

—Lo es. Pero sería capaz de atiborrarte de comida hasta que no pudieras moverte. —Subió a su camioneta—. ¿Y adónde vamos? —La curiosidad la estaba matando.

—¿Recuerdas que te hablé del *geocaching* con mi abuelo? Pues vamos al parque estatal a buscar tesoros.

—Creí que ya no lo hacías.

No había vuelto a hacerlo desde la muerte de su abuelo, cuatro años antes.

—Ya no lo hago. —Le lanzó una sonrisa—. Supongo que necesitaba encontrar a la persona idónea.

En el estómago de Keeley brotaron mariposas. Hacer *geocaching* era algo especial para él, y la llevaba consigo. Le costaba hacerse a la idea.

—¿Cómo se juega?

—Es como una caza del tesoro al aire libre. Usas un sistema GPS para encontrar coordenadas específicas. En cada ubicación hay un recipiente. Si lo encuentras, tienes que quedarte lo que lleva dentro, sea lo que sea.

—Pero ¿cómo vamos a encontrar nada en la oscuridad?

Talon explicó que usarían linternas para encontrar pequeños reflectores. Cada uno de ellos apuntaría en dirección al siguiente. Todo lo que tenían que hacer era seguir la ruta indicada para dar con el recipiente.

Cuando llegaron al parque, Keeley apenas podía distinguir el tenue perfil de los árboles y los arbustos. Había estado allí una vez en un viaje de estudios con el colegio, y recordaba que era una zona forestal muy poblada, con rutas de senderismo y arroyos por todas partes. Talon alcanzó las linternas del asiento de atrás y le dio una.

—Vamos a darle un poco más de interés al asunto —dijo mientras se acercaban a una amplia zona boscosa. La llevó por un camino de tierra que serpenteaba hasta perderse de vista—. Un juego de verdad o atrevimiento. El primero que localice una señal pregunta primero.

Desde luego, el chico era una caja de sorpresas.

—Vale, ¿hay límites?

—Nah. Si te mueres por saber qué llevo debajo de esta camiseta, ahora es el momento —bromeó.

—¿Ya estás pensando en perder? —le provocó ella.

—Ya he aprendido a no subestimarte.

Keeley le dio una palmadita en el brazo.

—Chico listo.

Keeley tardó varios minutos en localizar un pequeño reflector naranja. Estaba amarrado a un árbol viejo y nudoso que parecía haber sufrido unas cuantas tormentas. La señal les indicaba la derecha, en paralelo a un riachuelo.

Keeley le lanzó una sonrisa burlona.

—¿Verdad o atrevimiento?

—Verdad —respondió, para su sorpresa. Habría apostado a que era el tipo de chico al que le pegaba más «atrevimiento».

—¿Qué rollo os traéis con los nombres en tu familia? —La pregunta llevaba tiempo rondándole la cabeza.

—Hay cuatro James Talon en mi familia. Como es un lío, tenemos apodos. Mi bisabuelo era James, a mi abuelo le pusieron Junior y a mi padre Jimmy. La primera vez que mi abuelo me tuvo en brazos, me llamó Talon. Y así se quedó.

—¿Entonces por qué todo el mundo te llama J. T.?

—Llevé muy mal la muerte de mi abuelo. Odiaba que mi nombre me la recordara. Así que cuando me mudé aquí, decidí que me llamaran por un nombre nuevo. —Apartó una rama de su camino y la dejó pasar primero—. Supuse que era una buena forma de empezar de cero. Pero me gusta que tú me llames Talon. Me sienta… bien. —Su mirada se cruzó con la de Keeley y el impacto fue un vuelco en el pecho.

Keeley estaba contenta de que quisiera que lo llamase Talon, pero se preguntó si los nombres no serían una forma de diferenciar entre su verdadero yo y el personaje de fútbol. En gran medida, ella y Talon eran reflejo el uno del otro. Los dos tenían dos yoes diferentes, pero ella intentaba sacar al exterior el verdadero. ¿Estaba haciendo Talon lo mismo? ¿O intentaba ocultarlo?

Siguieron avanzando en paralelo al río. Grandes secuoyas orillaban el sendero. Eran tan altas que se cernían sobre Keeley y Talon, tapando la luz de la luna. Era como si estuvieran en un mundo secreto propio.

Talon apuntó con su linterna a un arbusto tupido con flores blancas. Un reflector naranja yacía encajado entre las raíces. Siguieron la flecha y viraron al norte, hacia unos promontorios rocosos. Keeley vio unos peñascos y unas rocas enormes, algunas precariamente apiladas sobre otras.

—¿Estás seguro de que no es peligroso?

Talon le pasó un brazo por los hombros y la arrimó.

—Yo te protegeré —le prometió con una sonrisa traviesa.

—¿Este es tu plan? ¿Que me asuste para tomarte confianzas? —preguntó con recelo, aunque le rodeó el pecho con el brazo.

—Pero funciona, ¿o no? —respondió satisfecho, estrechándola con más fuerza—. Y como he descubierto la señal, me toca a mí. ¿Verdad o atrevimiento, Keeley?

—Verdad. —No era lo bastante valiente para el atrevimiento.

—¿Cómo es que eres diferente por teléfono? Es como cuando nos conocimos, no eras la misma chica.

Keeley no quería decírselo. ¿Y si sentía otra cosa después de saber la verdad? Se apartó de su lado.

—Uh... pues... bueno, supongo que me siento más cómoda cuando escribo mensajes. —Apretó el paso y caminó por delante para no oír la respuesta.

—Entonces, ¿eres así con todo el mundo? —Parecía decepcionado.

—Contigo es distinto. Aún no creo que te haya contado ciertas cosas. Es que... no sé. Al principio eras tan gallito y me mosqueabas tanto que me daba igual lo que pensaras. Sencillamente, decía lo primero que me pasaba por la cabeza.

—Imagino que fui un poco imbécil.

Corrió para alcanzarla. Luego la atrajo hacia él de nuevo y se inclinó para plantarle un beso en la sien. Su boca estaba tan cerca que Keeley podía oler el distintivo aroma a azúcar y nube en su aliento. No tenía más que levantar un poco la cabeza y se besarían. Se mojó los labios y lentamente…

—¡Mira! Hay otra señal. —Talon bajó el brazo y corrió a la formación rocosa que tenían enfrente—. ¡Ven! —gritó, haciendo señas para que se diera prisa.

Parecía más emocionado por descubrir el tesoro que por besarla. Subieron a otro promontorio que daba a un prado surcado de flores iluminadas por la luna. Continuaron hasta que Talon localizó la cuarta señal a su derecha. Estaba a la entrada de una cueva enorme.

—¡Oh, no! —protestó Keeley cuando comprendió hacia dónde indicaba la flecha—. No pienso meterme ahí. Ni hablar. Ni lo sueñes. Podría haber leones de montaña ahí dentro.

—No hay leones de montaña en esta zona —dijo Talon, intentando apaciguarla.

—¡Que se sepa! —Keeley miró la oscura cueva con inquietud. ¿Qué más animales moraban en las cuevas? ¿Osos? ¿Pumas?

—Vamos, te reto a atrevimiento.

—¡No he elegido entre verdad o atrevimiento todavía!

—¿Tengo que volver a mosquearte otra vez?

No. En parte, ella había acudido a esta cita para tomar decisiones por sí misma. Necesitaba hacer esto sin ayuda de nadie. Cerró los ojos e intentó verse como cuando enviaba mensajes a Talon. Fuerte. Empoderada. Sin pararse a analizarlo todo, ni preocuparse como hacía en la vida real. Simplemente, lo hacía. Y aquí podía hacer lo mismo. Si demostraba que podía ser esa versión valiente de sí misma, quizás averiguase qué decisión tomar al terminar el instituto.

Echando los hombros hacia atrás, abrió los ojos y fue directa a la boca de la cueva. Talon entrelazó sus manos a las de ella y entraron.

Keeley enfocó la linterna por toda la cueva. Un destello naranja cerca del suelo llamó su atención.

—Talon, creo que lo he encontrado.

Olvidó su temor a la cueva tan pronto como centró su interés en la flecha. Había cinco o seis piedras grandes amontonadas justo debajo de la flecha. Las quitó una a una hasta encontrar una caja marrón.

Keeley levantó la tapa. Ovillado en su interior había un dije plateado con la forma de un teléfono móvil.

—Así recordarás cómo nos conocimos.

Keeley lo miró, enmudecida. Talon debía de haber subido a la cueva antes de la cita. Era increíblemente encantador y romántico. ¡Qué afortunada era de que alguien como él se interesara en ella!

—¿Sabes? Nunca he encontrado dos señales —comentó Talon. El aroma a bosque y azúcar la envolvía—. ¿Verdad o atrevimiento? —la retó, con la mirada clavada en sus labios. Cada célula del cuerpo de Keeley cobró vida cuando comprendió lo que le estaba pidiendo. Como ella no contestaba, Talon se inclinó y le rozó el cuello con la nariz—. Verdad o atrevimiento.

El pulso de Keeley se disparó cuando él empezó a subir poco a poco por su cuello, acariciándole la piel con la nariz. Inconscientemente, ladeó la cabeza para facilitarle el acceso. Un estremecimiento le recorrió la columna cuando le besó la delicada parte inferior de la mandíbula. Sus labios eran cálidos y suaves. Keeley cerró los ojos mientras él la besaba de nuevo, abandonándose a la sensación de la boca en su piel.

Sus ojos pestañearon hasta abrirse cuando él se apartó un poco.

—¿Keeley? —dijo, esperando la respuesta a la pregunta tácita que flotaba entre ambos.

Ella deslizó una mano por su pecho y le rodeó el cuello. Podía sentir su pulso agitado. La deseaba tanto como ella a él. Mientras atraía con la mano la boca de Talon hacia la suya, susurró:

—Atrevimiento.

Un segundo después, los labios de Talon chocaron contra los suyos. Fue un beso duro y exigente: nada suave ni delicado. Keeley jadeaba mientras él le rodeaba la cintura con los brazos y la arrimaba más a su pecho. Al instante, Keeley se fundió en su pecho, gozando de la sensación de su cuerpo duro amoldado al suyo.

El placer la atravesó cuando Talon pronunció su nombre, y de repente no pudo saciarse de él. Quería más. Necesitaba más. Sin pensarlo, enredó los dedos en sus cabellos y tiró de ellos, obligándole a agachar la cabeza y abrir la boca. Un fuerte gemido reverberó en el aire cuando su lengua tocó la de él. Esto era lo que imploraba.

Mientras sus lenguas danzaban a un ritmo propio, Keeley perdió el sentido del tiempo y el decoro. En ese momento, estaban solo los dos: Talon y Keeley.

Y era perfecto.

Capítulo 17

He cometido un error

•••

Keeley estaba en una sala de estudio de la biblioteca con Talon. Cada vez frecuentaba más la biblioteca. Estar allí la ayudaba a centrarse; no había televisión ni internet que la distrajeran. Talon estudiaba con ella casi todos los días, después de los entrenamientos de fútbol. Y, secretamente, Keeley había sugerido la biblioteca porque sabía que Zach no iría por allí.

Su teléfono vibró. Nicky. ¿Ya era esa hora de verdad? ¡Qué tarde se había hecho!

Nos vemos en The Factory para cenar, no?

Fijo.

Bien. Lo necesito.

Qué pasa?

Te lo cuento en la cena. Hasta luego.

—Talon, ¿puedes llevarme a The Factory? He quedado allí con Nicky para cenar.

—Claro. ¿Voy a conocer a tu infame mejor amiga?

—No puedo creer que no os hayáis conocido aún. —Sus caminos nunca se cruzaban realmente porque vivían en mundos diferentes, Nicky en el instituto y Talon en la biblioteca, pero Keeley estaba preparada para que se conocieran. The Factory se encontraba en un pueblo cercano, donde era improbable que se toparan con algún conocido. Además, odiaba separarse de Talon, aunque solo fuera un rato—. Vente a cenar.

Talon se rascó la mandíbula.

—¿Estás segura?

—Totalmente. Quiero que os conozcáis.

—Bien, porque estoy hambriento. —Talon le cogió la mano y le besó el dorso.

Fueron hasta su camioneta y Keeley subió. Miró el asiento de atrás. Pilas y pilas de Píos. Era como si la fábrica hubiera explotado en su camioneta. Estaba convencida de que había sido el conejito de Pascua en otra vida.

Estaban a medio camino de The Factory cuando Talon empezó a revolverse inquieto. Sus pulgares golpearon el volante y dijo:

—Quiero hacerte una pregunta.

—Necesitas un Pío, ¿a que sí? Reconozco las señales. Comportamiento nervioso. Manos inquietas. —Ni siquiera sonreía.

La miró de reojo rápidamente otra vez antes de preguntar:

—Y bien, ¿qué piensas hacer el viernes?

Keeley arrugó la frente.

—Mm… ¿el viernes?

Talon exhaló profundamente, riendo un poco.

—Debería ofenderme por que no lo recuerdes, pero no. —Frunció los labios—. El gran partido de Edgewood contra Crosswell. Piensas ir, ¿no?

El buen humor de Keeley se desvaneció, cediendo sitio al espanto.

—¿Le has contado ya a Zach lo nuestro? —preguntó.

—Talon… —dijo ella con una voz que se fue apagando, incómoda.

—Odio que nos veamos a escondidas. Quiero poder salir contigo por ahí sin preguntarme si nos cruzaremos con Zach.

Eso es lo que Keeley quería también. Solo que…

—Es complicado. —Zach estaba centrado en ganar el partido y ella no quería hacer nada que lo apartase de su sueño—. Se lo contaré después del partido, ¿vale?

Con una expresión más aplacada, Talon le apretó la mano.

—Sé que podemos con esto.

La frase debería de haber aliviado a Keeley, pero el indicio de temor en los ojos de Talon la intranquilizó. ¿Acaso no estaba tan seguro de su relación como aparentaba?

Llegaron al restaurante, pero como Nicky no había aparecido aún, escogieron una mesa cerca de la puerta. Talon se sentó a su lado, dejando para Nicky la silla de enfrente. Diez minutos más tarde, Keeley le mandó un mensaje, pero no hubo respuesta.

Cuando pasaron otros diez minutos, Talon sugirió:

—Vamos a pedir ya la comida, así estará a punto cuando llegue.

Keeley asintió, abriendo una carta y colocándola en

medio para que ambos pudieran mirarla. Quiso pedir lo que ella y su amiga solían tomar —una bandeja de entremeses y un plato de pasta para acompañar—, pero Talon insistió en probar algo diferente.

—Arriésgate un poco —bromeó él cuando la camarera se hubo marchado.

—Nunca pedimos marisco —le informó Keeley mientras cogía una servilleta y se la ponía en las rodillas.

—Increíble. Estamos al lado del mar. ¿Y la salsa picante? Por favor, dime que te gusta.

—A Nicky y a mí nos gusta. Cuanto más picante, mejor.

Talon la atrajo hacia él para darle un beso.

—Me has asustado por un momento. Primero, no piensas que los Píos sean el mejor invento del mundo, ¿y ahora esto? Podría ser motivo de ruptura.

—Creo que tus prioridades son retorcidas. —Lo observó mientras se reclinaba cómodamente en su asiento—. Ocupas un montón de espacio, ¿lo sabías? Hiciste lo mismo cuando nos vimos en Java Hut la primera vez.

—Entonces intentaba cabrearte.

—¿Y ahora?

—Ahora me doy cuenta de que es un error hacerte hablar —bromeó.

—¡Oye! —Keeley empezó a hacerle cosquillas, buscando su punto débil.

—¡Es broma! ¡Que es broma! —aulló, retorciéndose.

En ese momento apareció Nicky.

—¡Lo siento un montón! Paré a poner gasolina y entonces me quedé sin batería en el móvil... Oh. —Su sonrisa se desdibujó en una fina línea—. No sabía que venía.

—Espero que no te importe —dijo Keeley, apartándose de Talon—. Es que quería que os conocierais de una vez. Talon, te presento a mi mejor amiga, Nicky. Y Nicky...

Su amiga la cortó.

—Sé quién es.

Keeley frunció el ceño.

—¿Va todo bien? —Entonces recordó el mensaje de Nicky: necesitaba hablar con ella. Estaba tan emocionada porque se conocieran que lo había olvidado por completo.

—Todo chachi. —Nicky se sentó enfrente de Keeley, los ojos pegados al teléfono. Mientras escribía, dijo—: ¿Dónde están las cartas? Estoy hambrienta. No he tomado nada desde el desayuno.

Keeley miró a Talon, que arqueó una ceja, y volvió a mirar a Nicky.

—Ya hemos pedido. No tardarán en traer la comida.

Nicky emitió un sonido vago y siguió escribiendo.

Keeley no sabía qué decir o hacer. Nicky tenía derecho a enfadarse; debería haberle preguntado antes de invitar a Talon, pero su actitud era sencillamente grosera.

—Pues, esto... creí que tu móvil había muerto.

—Sí, por suerte existen cargadores de batería portátiles.

—¿Has usado el que te regalé por Navidad el año pasado?

—Sip —se limitó a decir.

Se hizo un silencio incómodo. Talon se aclaró la garganta y luego rodeó el respaldo de la silla de Keeley con el brazo. Keeley ladeó la cabeza, tratando de atrapar la mirada de Nicky, pero esta no levantaba la vista del teléfono. ¿No podía intentar ser amable?

Talon le apretó el hombro. Al menos alguien le hacía caso. Le dedicó una sonrisa triste en respuesta. Con los ojos centelleantes, él la atrajo hacia sí y apretó sus labios contra su sien. Keeley aspiró hondo, hallando consuelo en él.

La camarera dejó varios platos en el centro de la mesa. Keeley empujó uno hacia Nicky. Sabía lo gruñona que podía ser su amiga cuando tenía hambre.

—Prueba.

Nicky cerró el móvil finalmente, pero su voz se tensó más.

—Esto no es lo que solemos pedir.

—Ha sido sugerencia de Talon. —Keeley apretó la pierna de Talon debajo de la mesa—. Es picante. Te encantará.

—Pero siempre pedimos lo mismo. Es la tradición —insistió Nicky, obviamente herida.

Keeley intentó apaciguarla.

—Podemos pedir lo de siempre la próxima vez. Tú pruébalo. —Sirvió algunas gambas rebozadas a Nicky, luego a Talon y por último a ella.

—Está buenísimo. Es uno de mis platos favoritos —añadió Talon. Cogió el pequeño cuenco de salsa picante y lo dejó delante de Nicky—. Tienes que probarlo con esto. Ya verás, está mucho más bueno.

—Gracias, pero ya elijo yo los condimentos que me gustan. —Nicky apartó el cuenco. Cruzó los brazos y los apoyó en la mesa; luego entrecerró los ojos—. A ver, Talon. Al parecer, estás saliendo con mi mejor amiga.

El tono de confrontación desencadenó el de Talon, que apartó el brazo de la silla de Keeley e imitó la postura de Nicky.

—¿Hay algún problema?

—No lo sé. ¿Estás pensando en quedarte por aquí?

—Ni lo dudes. —Sonó más a una amenaza que a una promesa.

—¿De veras? —La mirada de Nicky se ensombreció. Luego apartó la silla hacia atrás y se levantó—. Voy al baño —masculló, alejándose con paso airado.

Talon frunció los labios.

—Bueno, ha sido gracioso.

Keeley se frotó la frente. Nunca se le había pasado por la cabeza que no fueran a congeniar.

—Será mejor que hable con ella.

—¿Quieres que me vaya?

No, no quería, pero tenía que hablar con Nicky.

—¿Te importa?

Sus ojos decían sí; sí que le importaba, pero se marcharía de todas formas.

—¿Te llevará a casa después?

—Me llevará.

Talon no parecía convencido.

—Mándame un mensaje si me necesitas y vengo a buscarte.

Rodeándole el cuello con los brazos, Keeley le dio un largo abrazo.

—¿Te he dicho ya que eres el mejor?

—Me lo pones fácil. —La besó en la frente—. ¿Me llamas después? Puedes poetizar sobre lo increíble que soy.

Con una risita, lo apartó.

—Vete. Te llamo después.

Esperó a que saliera por la puerta antes de ir al baño. Nicky estaba inclinada sobre el lavamanos, con la cabeza gacha.

—Ey —dijo Keeley con inseguridad.

Se hizo una pausa larga hasta que Nicky levantó la cabeza.

—Ey.

—Lo siento. No tendría que haberle invitado.

—Se supone que esta noche íbamos a estar solas —le recordó fríamente Nicky—. Como siempre.

—Lo sé. Solo quería que os conocierais y me ha parecido la oportunidad perfecta. —¿No podía Nicky tener más manga ancha con ella? Sabía que había cometido un fallo, pero podían salir las dos solas cualquier otro día—. Talon es un amor. Me ha apoyado con toda la situación de Zach. Sé que tú tenías tus reservas con él, por eso quería presentaros. Para que vieras lo que veo yo.

—Ahora siempre estás ocupada —confesó Nicky—. Desde que lo conociste, me dejas siempre en segundo plano.

—Eso no es verdad. —Siempre le mandaba mensajes a su amiga.

—No pasamos juntas ni la mitad del tiempo que antes. Cuando te llamo para quedar, o estás con él o estás a punto de verle. Tengo la sensación de que ya no sacas tiempo para mí.

La acusación puso a Keeley a la defensiva. Y la enfadó un poco.

—¡Ahora ya sabes cómo me he sentido yo! En todo el verano no has tenido tiempo para mí por culpa de tus clases de la universidad. Yo te escribía todo el rato y tú me contestabas a la mitad de mensajes como mucho.

Y nunca se había quejado, ¿a que no? Se alegraba por su amiga.

—¡Estaba en clase! —farfulló Nicky—. ¿Qué querías que hiciera?

—No estabas siempre en clase. Te ibas y hacías cosas con tu grupo de estudio.

—No podía invitarte a eso. No eras parte del grupo.

—¡Fuisteis juntos a los recreativos! ¿A eso no podías invitarme?

—Fue una cosa improvisada, Keeley. Esto es distinto. Teníamos planes y has invitado a tu novio.

—¡Quería que lo conocieras! ¿Tan malo es eso?

—¡Sí! No. No lo sé. —Nicky aspiró hondo y exhaló—. Es que... tenía muchas ganas de hablar contigo esta noche. A solas.

Keeley suspiró también. Vale, había metido la pata, pero lo que quería en ese momento era arreglarlo.

—Supongo que he estado tan absorta por Talon que no me he dado cuenta de que te estaba haciendo el vacío.

Esa frase fue todo lo que Nicky necesitó para reconocer también sus errores.

—Supongo que yo hice lo mismo este verano. Las clases me tenían súper ocupada, y cuando esos universitarios quisieron salir por ahí conmigo, me sentí muy especial. No quería compartirlo. Pero una vez terminaron las clases, casi todos pasaron de mí, y entonces tú estabas todo el tiempo con Talon y yo... yo...

—¿Tú qué?

—Necesitaba a mi amiga.

Todas las emociones se disiparon, excepto la preocupación.

—¿Qué pasa?

—Puede que todos mis esfuerzos en clase no hayan servido para nada —dijo Nicky—. Mi madre dice que vamos muy justos de dinero ahora. Básicamente, la única forma de poder pagarme la universidad es obteniendo una beca completa.

—Oh, Nicky... —Keeley sabía lo mucho que la universidad significaba para ella.

—Lo sé. Es una mierda. Me he roto los cuernos para nada.

—Eso no es verdad. Tienes buenas notas. A lo mejor consigues una beca completa.

—Pero no seguramente para las universidades que quiero.

Keeley sabía que Nicky lo tenía todo bien planificado: un buen curso preparatorio de medicina y luego derecha a la facultad. Su plan se vendría abajo si no construía unos cimientos sólidos. Puede que eso fuera incluso peor que no tener ningún plan de futuro en absoluto.

—Escucha, ¿por qué no volvemos a la mesa y te desahogas todo lo que quieras? Podemos pedir lo de siempre.

—¿Y Talon qué?

—Prefería dejarnos a solas y se ha ido.

Nicky se mostró escéptica.

—¿Así sin más?

—Así sin más. Sé que no te gusta, pero ¿podrías intentar llevarte bien con él? Eres mi mejor amiga, mi otra mitad. Es importante para mí. Por favor.

Nicky gruñó, malhumorada.

—Especialmente porque tu gemelo de verdad tampoco lo traga.

Keeley hizo una mueca. Existían un montón de escollos, estaba claro, pero podrían superarlos. Tenía fe en ello.

—Me pondré de rodillas y te suplicaré si es necesario.

Nicky enlazó su brazo al de Keeley y juntaron codos. La llevó hacia la puerta.

—No hace falta que me supliques. Basta con que me compres un *cupcake*.

—Por supuesto. Ya lo he pedido.

—Se ha comportado como un imbécil. Mejor que sean dos.

Keeley le chocó el hombro a modo de agradecimiento.

Capítulo 18

Me pongo nerviosa

Keeley se enjugó una perla de sudor de la frente y dio otro buen trago de agua. Caminar por el parque estatal era mucho más fácil de noche, cuando el sol no golpeaba de lleno. Volvió la cabeza cuando Talon soltó su teléfono sobre la mesa de pícnic. Bajando la botella de agua, le preguntó:

—¿Estás bien? —No había dejado de escribir mensajes desde que habían bajado de la montaña después de encontrar un alijo cerca de uno de los lagos.

—Es mi padre otra vez. Se transforma en un loco cuando llega la temporada de fútbol. Odio cuando se pone así. —Talon no solía hablar de su padre. Keeley intuía que se peleaban a menudo—. Se la pela lo que haga fuera de temporada, pero cuando se acerca, empieza a dictarme cada movimiento.

—¿Por qué le importa tanto el fútbol?

—No lo sé. Creo que es un rollo de estatus. Como mi

padre creció en una granja, no tenía mucho dinero, pero jugaba al fútbol y eso le abrió muchas puertas. Pudo conseguir una beca para la universidad. Supongo que da por sentado que es mi única forma de poder triunfar en la vida, lo cual es insultante. No soy un deportista corto de luces. Saco buenas notas.

Keeley se preguntó si a Talon le gustaba siquiera el fútbol, o si jugaba solo por deseo de su padre.

—¿Jugarás en la universidad?

—Si no lo hago, a mi padre le da un ataque al corazón. No me malinterpretes, me encanta jugar. Solo desearía que me dejara hacerlo sin criticarme constantemente.

—Zach se cambiaría por ti en un santiamén. A mi familia no le entusiasma el fútbol. Vamos a todos los partidos, pero no somos fans acérrimos. —Keeley sabía lo básico, pero no podía hablar de nada más allá, como de estrategia, por ejemplo.

—Toda mi familia lo es: todos mis tíos, mis tías, mis primos. Una de mis primas, Linda, jugaba en el instituto.

—Qué máquina. —E increíblemente valiente—. Ojalá yo tuviera las agallas de hacer algo así.

—Puedes. Aunque es posible que no en deporte. He visto cómo corres —bromeó.

—No hablo ni de deporte. No me veo capaz de salir ahí fuera como tu prima y soltar un bombazo.

—¿Quién ha dicho que tiene que ser un bombazo? Lo único que cuenta es que sea importante para ti, o al menos eso es lo que mi abuelo me decía. —El estómago de Talon dejó escapar un gruñido—. Tengo hambre. ¿Tienes tiempo de cenar algo antes de que te lleve a casa?

Keeley miró el reloj de su móvil.

—Tengo tiempo.

Talon recogió las botellas de agua vacías esparcidas por la mesa.

—Espera que tire esto a la basura y nos vamos.

Keeley recogió las llaves del coche y el teléfono de Talon.

—Voy encendiendo el aire acondicionado.

Cuando abría la camioneta, el teléfono de Talon emitió un bip. Otro. Y otro. Debían de ser mensajes de su padre. Fue a silenciar el móvil pero se abrieron otros mensajes en pantalla, de dos chicos llamados Mitch y Finn.

Mitch: No te vas a creer a quién hemos visto en la tienda. CLAIRE.

Quienquiera que fuera.

Finn: Ha pasado totalmente de nosotros. No sé por qué te colaste tanto por ella.

Mitch: Crees que se ha vuelto a vivir aquí?

Finn: Qué más da? Una ex debe seguir siendo una ex.

¿Una ex? No sabía que Talon tuviese una exnovia.

Cuando Talon entró en el coche, comprobó su teléfono. Tecleó algo y se lo guardó en el bolsillo.

—Vamos a comer —dijo con una expresión ilegible.

Keeley no sabía por qué le molestaba tanto que Talon tuviese una exnovia. Quizá fuese porque nunca había hablado de ella, ni siquiera cuando Keeley le había hablado de Randy. Y si Talon tenía una exnovia, eso significaba que podría estar comparándola con ella todo el tiempo. Ella lo hacía con Randy. Afortunadamente, Talon siempre salía ganando, pero ¿y si ella salía perdiendo?

En la cena, quiso sacar a colación el asunto de la ex,

pero, o el camarero los interrumpía o Talon se ponía a hablar de otra cosa. Keeley empezaba a pensar que era una conspiración. Iban caminando hacia el coche cuando decidió dejarse de sutilezas.

Mirándolo directamente a los ojos, le preguntó:

—Talon, ¿has tenido novia alguna vez?

Talon se detuvo.

—¿Aparte de ti?

—Aparte de mí.

—Uy, sí. Una vez. En primero.

Como no dijo nada más, ella le dio un codazo.

—Venga, quiero saber más. Yo te he hablado de Randy.

Las comisuras de sus labios se curvaron hacia abajo.

—Se llama Claire. Iba a mi clase de historia del arte y nos pusieron juntos para hacer un proyecto. Nos llevamos bien y empezamos a salir.

—¿Y...? ¿Qué pasó?

Cogió aire profundamente y lo soltó poco a poco.

—No me gusta hablar de eso.

¿Ni siquiera con ella? Keeley pensaba que podían hablar de cualquier cosa.

Cuando torcieron por la calle de Keeley, todo estaba en calma. Talon aparcó media manzana más lejos para que Zach no los descubriera. Cuando salieron de la camioneta, Keeley se volvió hacia Talon, intentó darle un abrazo de despedida, pero él detuvo el gesto.

—¿Estás mosqueada?

No estaba mosqueada. Confusa, en cualquier caso. Y un tanto recelosa. ¿Por qué no quería contárselo?

—¿La ruptura fue dura o qué? —Era el único motivo que se le ocurría.

—Podría decirse —admitió de mala gana.

—Sabes que puedes contarme lo que quieras, no te juzgaré.

Talon suspiró.

—Creí que todo iba bien entre yo y Claire, pero... —Se encogió de hombros y desvió la mirada—. Un día recibí un mensaje de mi colega Mitch. Era una foto de ella besándose con un tío en una fiesta. Solo llevábamos saliendo un par de meses. Me sentí como un idiota.

¿Le habían puesto los cuernos? Keeley no habría imaginado que eso pudiera pasarle a Talon, sobre todo a un chico como él. La mayoría no se daba cuenta, pero era todo corazón.

—Lo siento mucho.

—Lo peor de todo es que el chico se la ligó adrede para fastidiarme.

¿Qué clase de persona cometería una bajeza así?

—¿Por qué lo hizo? ¿Es que...?

Un timbrazo fuerte la interrumpió.

—Mierda —dijo Talon sacando su móvil—. Es mi padre otra vez. Tengo que contestar. —Se llevó el teléfono al oído, con una leve mueca. El volumen estaba lo bastante fuerte como para que Keeley pudiera oír al padre.

—¿Has visto qué hora es? Tendrías que estar en casa hace diez minutos.

¿Diez minutos? No eran más que las ocho.

—Papá...

—El partido es mañana. Deberías estar en casa descansando. No por ahí con tu novia.

Con los hombros encorvados, Talon hablaba a media voz pero con apremio.

—No estoy haciendo nada ilegal, así que deja de tratarme como si lo hiciera.

—Porque tú lo digas. Y no pienses ni por un segundo que he olvidado que esta tarde te has ido hecho una furia de casa mientras te estaba hablando.

—No me estabas hablando, me estabas sermoneando. Y no veo dónde está el problema.

—No es momento de chicas, hijo. Puedes salir con todas las que quieras cuando haya terminado la temporada, pero ahora mismo tienes que tener la cabeza en el fútbol. Estamos hablando de tu futuro.

Talon dejó escapar un suspiro de frustración. Se dio la vuelta, alejándose de Keeley.

—Papá, estaré en casa dentro de veinte minutos. Ya hablaremos luego. —Colgó y la miró sonriendo, pero Keeley podía ver la rabia arremolinada detrás—. Mi padre otra vez con lo mismo.

—No sabía que quería que dejases de salir conmigo. ¿Por qué no me lo has dicho? —¿Qué más había omitido en sus conversaciones? A Keeley empezaba a darle mala espina todo aquello.

Talon se encogió de hombros y desvió la mirada.

—No quería preocuparte.

—Talon —susurró, la emoción emanando de su voz—. No quiero meterte en problemas.

—No eres un problema. Créeme, sé lo que es tener problemas. —Se metió la mano en el bolsillo—. Sé que no llevamos saliendo juntos tanto tiempo, pero quiero darte algo. ¿Quieres llevar mi anillo de graduación?

Sacó un anillo cuadrado de oro, con una esmeralda verde oscuro engarzada en el centro. Alrededor de la gema podía leerse en caracteres de imprenta «Crosswell High School». Llevaba grabado un balón de fútbol en una cara, y su nombre, J. T. Harrington, en la otra.

¿Le estaba dando su anillo de graduación? De súbito, su relación adoptaba unos tintes más serios. Era una pieza de joyería cara. Sus padres se enfurecieron cuando Zach perdió la suya. ¿Se sentía realmente cómodo dejando que ella lo llevase?

Talon tiró del cuello de su camisa.

—No tienes que llevarlo si no quieres. Solo era una idea. Una tontería, en realidad.

—No es una tontería.

—¿Entonces por qué no quieres llevarlo?

—Es que no sé lo que significa —respondió con sinceridad.

Plantando los pies en el suelo, Talon se apoyó en el coche. Luego la atrajo hacia él, con una mano apoyada en la parte baja de su espalda y con el anillo en la otra.

—Puede significar lo que quieras que signifique.

—Eso no ayuda.

Le lanzó una sonrisa torcida.

—Sé que no llevamos mucho tiempo saliendo…

—No llega al mes. —Aunque parecía más. Tal vez porque su relación había empezado mucho antes de su primera cita.

—Pero saber que lo vas a llevar, especialmente en el partido de mañana, es importante para mí.

—¿Por qué? —No lo entendía. No influiría en nada.

Talon se encogió de hombros.

—Si te lo pones es como si me estuvieras apoyando.

—Pues claro que te estoy apoyando. —¿Por qué no iba a hacerlo?

—¿Y qué pasa con Zach? ¿No vas a estar animándole en el campo?

Keeley se mordió el labio superior. No había pensado en la logística. Había estado muy absorta por Talon y la novedad de su relación. No podía animar descaradamente a Talon; no si quería que Zach no los descubriese.

Percibiendo la tensión, Talon le acarició el hombro.

—Lo entiendo. De verdad. Por eso quiero que lleves mi anillo. —Puso una mano entre ambos y la abrió. El anillo estaba sobre la palma.

Keeley seguía nerviosa, pero entendió por qué era importante para él. ¿Y cómo no iba a aceptarlo, máxime cuando estaba siendo tan comprensivo con lo de su hermano?

—Lo llevaré con una condición —dijo—. Devolvértelo después del partido.

—Hecho.

Tenía el sitio perfecto donde ponerlo. Se llevó las manos atrás, desabrochó la delicada cadena alrededor del cuello y la pasó por el anillo, que tintineó al chocar con el dije plateado.

Talon cogió el móvil en miniatura con los dedos.

—No sabía que lo llevaras.

—Todos los días. —La cadena era lo suficientemente larga como para meterla debajo de la camiseta. Era su pequeño secreto oculto al resto del mundo.

Los labios de Talon se separaron con sorpresa y luego se abrieron en una amplia sonrisa. Verlo sonreír provocó algo curioso en el pecho de Keeley.

—¿Qué? —preguntó Keeley. Tampoco le había declarado amor eterno.

Medio esperando una respuesta frívola, Keeley se sorprendió cuando le dijo:

—Me hace feliz, eso es todo.

A ella la hacía feliz, también.

Capítulo 19

Me siento fatal

•••

—Odio estas celebraciones de fans previas al partido —comentó Nicky apoyando un pie en el banco que tenía delante.

Era el día del partido y la tensión aumentaba por momentos. La derrota del año anterior no podía —no debía— repetirse. Los jugadores así lo habían prometido. Una ovación estalló en el gimnasio del instituto y las animadoras hicieron su entrada. Se colocaron en sus puestos cuando la música empezó a sonar a todo volumen. El instituto entero las observaba mientras daban volteretas y bailaban a compás.

—Odias estas reuniones porque tienes celos de las animadoras —contestó Keeley.

—No entiendo por qué no me admitieron en el equipo. Soy animada y chillona.

—No pudiste dar ni una voltereta completa.

Nicky arrugó la nariz.

—El suelo estaba resbaladizo. No me dieron una oportunidad justa.

«Ya, claro», pensó Keeley; sin embargo dijo, como la amiga leal que era:

—Habrías sido la mejor animadora del campo.

Observaron cómo lanzaban a una chica al aire, que completaba múltiples vueltas antes de aterrizar en los brazos de sus compañeras. Nicky suspiró:

—Vale. Nunca habría podido ser animadora, pero si tuviese el mínimo talento sería la más guapa de todas.

Pararon la música y las animadoras salieron de la cancha al tiempo que los jugadores de fútbol hacían su entrada. El director del instituto los presentó uno a uno.

—¡Y, por último, el número seis, Zachary Brewer!

El instituto irrumpió en un estruendoso aplauso. Todo el mundo adoraba a Zach, incluso los profesores.

Keeley se levantó y aplaudió, voceando el nombre de su hermano. Zach escudriñaba las gradas, buscándola. Cuando la localizó, se tocó el pecho justo encima del corazón y captó su mirada. Ella hizo lo mismo y le guiñó un ojo. El ritual se remontaba al primer partido que Zach había salido a jugar.

Cuando el director empezó con su discurso de que había que vencer a Crosswell, Keeley desconectó. Con gesto ausente, jugueteó con el collar que llevaba el anillo de Talon y el dije del teléfono móvil.

—¿Qué tenemos aquí? —preguntó Nicky. Levantó el anillo y lo estudió—. ¿Por qué no me lo habías contado?

—Porque me lo dio anoche. Y solo lo llevo para este partido —se apresuró a explicar. Luego dudó—: Y además… bueno, pues no sabía cómo reaccionarías, sobre todo después de lo que pasó en The Factory. —No deseaba oír ningún comentario grosero que pudiese arruinar el momento especial que ella y Talon habían compartido la noche anterior.

Nicky frunció el ceño.

—No me gusta nada que pienses que no puedes contarme las cosas. No te mentiré… Aún no me entusiasma al cien por cien, pero lo intento.

—Lo sé. —Nicky quería que se vieran de nuevo los tres. Le había costado lo suyo convencer a Talon, pero al final había aceptado. La idea era que quedasen para un café a la semana siguiente—. Y te quiero más aún por eso. Después del partido podemos comer juntas y te lo cuento todo.

En eso el director anunció:

—Necesitamos a un voluntario de cada curso para participar en un juego. ¡Enseñadnos vuestro espíritu escolar! —Las animadoras buscaron voluntarios entre el público, sacándolos de las gradas del gimnasio.

Amy, una animadora veterana, se acercó a ellas.

—Vamos, Keeley.

—No —dijo ella levantando los brazos—. Rotundamente no. No vas a conseguir que baje ahí.

Amy la cogió de un brazo y tiró de ella.

—¡Será divertido!

—Especifica divertido —se quejó Keeley mientras se dejaba arrastrar por el suelo del gimnasio.

Una vez reunidos los cuatro voluntarios, las animadoras sacaron un juego de Twister que venía con puntos de mostaza, kétchup, crema y sirope de chocolate en lugar de los habituales puntos azules, verdes, amarillos y rojos. La persona que más aguantara sin caer ganaría un helado gratis. Alrededor de Keeley, los estudiantes se pinchaban los unos a los otros, cada cual alardeando de que iba a ser el ganador.

De pronto, Zach apareció a su lado.

—No te preocupes, Keels, no será muy difícil.

—Tú me has metido en esto —lo acusó, lanzándole una mirada maligna.

—Solo estoy dándote la oportunidad de demostrar lo bien que juegas. —Zach ni se inmutó del codazo que ella le dio en el estómago y se hizo a un lado para poder sentarse en primera fila.

Arremangándose los bajos de los vaqueros, Keeley escuchó al director mientras les leía la primera tanda de instrucciones. Dubitativa, observó como los demás estudiantes pisaban un punto amarillo mostaza. Zach la animó a avanzar, con una sonrisa que enseñaba los dientes estampada en la cara. Con una mueca, Keeley colocó el pie derecho en el punto de la mostaza, que se derramó entre sus talones. ¡Qué asco!

—Te voy a matar —dijo a Zach moviendo los labios. Durante los siguientes minutos, se contorsionó por el sucio tapete, manchándose pies y manos de varios condimentos.

Podía oír cómo la jaleaba la clase entera de último curso. Quería ganar para ellos. Al fin y al cabo, este era el último partido entre Edgewood y Crosswell del que formarían parte.

—Mano izquierda, salsa de chocolate.

Balanceándose sobre las puntas de los pies, levantó despacio el brazo y lo colocó en el punto más cercano. El movimiento hizo que el anillo de Talon se le saliera de debajo de la camiseta. Como un péndulo, se columpió de un lado a otro, los colores verde y dorado de Crosswell claramente a la vista. Puede que pasara desapercibido en medio de todo el barullo.

Fue en este preciso momento cuando Keeley vio los ojos de Zach clavados en ella. Y, acto seguido, sus ojos clavados en el anillo. Cort, que estaba sentado junto a él, le cuchicheó algo al oído, pero Zach no se movió. Extrañado,

Cort siguió la línea de su mirada. Su boca cayó hacia delante cuando vio de qué se trataba.

Consciente de que les debía una explicación, Keeley basculó hacia ellos, olvidando por completo dónde estaba. Al instante, las manos le resbalaron por debajo y cayó en el asqueroso tapete. El instituto entero prorrumpió en una ovación, encantado con el gesto. Sin reparar en Amy, que le tendía una toalla, Keeley fue directa hacia su hermano.

—Zach, puedo explicártelo.

—Creo que eso que llevas en el cuello lo explica todo.

Automáticamente, la mano de Keeley apresó el anillo para protegerlo. Sus ojos se encontraron. Un nudo se formó en la garganta de Keeley cuando su hermano rompió la conexión visual y desvió la mirada. Keeley esperaba el enfado —tan ardiente que casi la escalda—, pero no había previsto el dolor.

—¿Estás saliendo con él de verdad? —le preguntó con calma.

Keeley se chupó los labios y se los mordió, sin querer responder.

—¿Lo estás?

Lentamente, asintió con la cabeza.

—Vamos, vamos, todo el mundo a su sitio —dijo el director, apremiando a los estudiantes a volver a las gradas, pese a que iban empapados de un pringue de kétchup, mostaza, crema y salsa de chocolate.

Por el rabillo del ojo, Keeley vio que Amy venía hacia ella para reconducirla a su asiento.

—Zach —le insistió, antes de que fuese demasiado tarde—. No quería hacerte daño. Quería esperar al final del partido para contártelo. Te lo juro.

—Supongo que es su venganza —murmuró él como ensimismado—. Yo le robé a su chica, y él me roba a mi hermana.

¿Chica? ¿Qué chica? Zach volvió a mirar el anillo de Talon, y al instante Keeley lo relacionó todo. Su hermano también había tenido un anillo, pero lo había extraviado en el primer año de instituto. El mismo año en que Talon salía con su novia.

—La chica de la foto. La chica a la que le diste tu anillo es... Claire. Tú eres el tío con el que lo engañó.

Zach se estremeció.

—Todo el mundo a su sitio —anunció el director, mirándola a ella directamente—. Ahora.

Keeley volvió anonadada junto a su mejor amiga.

—No tienes buena cara. ¿Te encuentras bien? —preguntó Nicky, pasándole una toalla.

—No lo sé. —Keeley se limpió manos y piernas—. Zach ha descubierto que salgo con Talon. Y alucina: Zach le robó la novia a Talon en el primer año de instituto. —Le explicó rápidamente lo que sabía—. Ni siquiera sabía que Zach salió con alguien.

¿Cómo había podido quedarse tan fuera de onda? Su hermano y ella se habían distanciado en el instituto, vale, pero ¿tanto?

Nicky parecía tan estupefacta como Keeley.

—No es posible. Zach no haría algo así.

Keeley tampoco podía creerlo. Su hermano tenía muchos defectos, pero era honrado. O, al menos, así lo creía ella. ¿Era cierto lo que había dicho? ¿La estaba utilizando Talon para vengarse de su hermano? No lo creía probable, pero el hecho de que Claire entrara en la ecuación le daba que pensar.

Keeley buscó a Zach después de la celebración, pero se había esfumado. Solo pudo encontrar a Cort.

—No quiere hablar contigo —anunció Cort, protegiendo el vestuario de los chicos con su cuerpo a modo de escudo. Cort daba a entender que Zach necesitaba protegerse de ella. Así de claro.

—Por favor, Cort. —Se sentía fatal por haber mantenido en secreto su relación con Talon. Zach debía de sentirse súper traicionado—. Tengo que verle.

Para pedirle perdón. Ya le preguntaría por Claire más tarde, una vez hubiese jugado el partido.

—Necesita aclararse. Déjalo solo por ahora.

—¿Por lo menos puedes desearle buena suerte de mi parte? ¿Y decirle que voy a estar animándolo a él?

Cort asintió secamente con la cabeza y se fue.

Keeley fue al aseo de chicas para lavarse las manos y salpicarse un poco de agua en la cara. Cuando terminó, no quedaba un alma en el gimnasio, así que salió con la esperanza de encontrar a Nicky para comer juntas. Sin embargo, a quien vio fue a Gavin merodeando por el lateral del edificio. ¿Qué estaba haciendo allí? ¿No debía estar con el resto de jugadores? Una silueta alta y encapuchada se deslizaba detrás de él. Un momento… reconoció la sudadera. ¿Talon? ¿Qué estaba haciendo allí? ¿Y por qué estaba con Gavin?

Los siguió mientras pasaban de puntillas por delante del gimnasio, hacia el extremo del campus. Los vio acurrucados detrás de la sala de pesas, cuchicheando. Keeley apareció por detrás de ellos y les preguntó:

—¿Qué estáis haciendo vosotros dos?

Talon se volvió. Llevaba un bote de pintura y una brocha. ¿Estaba loco? Tenía que largarse del campus antes de que alguien lo viera. Sobre todo Zach.

Keeley lo llevó a una esquina, oteando los alrededores para asegurarse de que nadie los veía.

—¿Estás pensando en hacer una novatada ahora mismo?

—Gatita…

—No me engatuses. ¿Estás pirado? ¿Tienes idea del lío en el que te puedes meter?

—Es una novatada inocente —explicó Talon, pero Keeley no pensaba tragárselo.

—Y tú —dijo volviéndose hacia Gavin—, ¿por qué estás implicado en esto?

Gavin miró a Talon con impotencia.

—Es... uh, es mi primo.

La revelación la pilló por sorpresa. El parecido entre ambos era escaso, salvo por los ojos azules.

—¿Y le dejas entrar en nuestro instituto? —Keeley odiaba las novatadas que se gastaban entre Crosswell y Edgewood, pero sentía cierta lealtad hacia su instituto. Y hacia su hermano.

—No te cabrees con él. Es culpa mía. Yo le he hecho sentir remordimientos si no me ayudaba —confesó Talon—. Zach me pintó la camioneta de azul y quería que me las pagara.

Lo de la camioneta solo había sido una broma. Mezquina, vale, pero inofensiva. Pero ¿Talon entrando a hurtadillas en las instalaciones del instituto? No era lo mismo.

—¿Podéis dejarlo estar simplemente?

—Todo el mundo espera que hagamos algo.

¿Ese era su razonamiento? De repente, Talon se mostraba mucho más como el adolescente que era. Sin embargo, Keeley no quería darle más vueltas al asunto. Tenía preguntas más importantes en la cabeza.

—Talon, ¿por qué no me dijiste que Claire te puso los cuernos con Zach?

Talon se quedó boquiabierto.

—¿Cómo te has enterado?

—Eso no importa. —Keeley se volvió hacia Gavin, que los miraba como si fueran actores de una telenovela—. Tengo que hablar con Talon a solas. ¿Te importaría irte? —Estaba siendo directa, era consciente, pero tenía que serlo. Si quería descubrir la verdad, debía convertirse en la chica del teléfono que no se paraba a analizarlo todo, sino que iba directa al grano. Esperó a que Gavin no pudiera oírlos—. Talon, ¿por qué no me dijiste que fue Zach?

Talon tragó saliva. Fuerte.

—Porque sabía que me dejaría en muy mala posición. Lo que pasó con Claire no tiene nada que ver con nosotros.

¿Cómo podía la traición de Claire y Zach dejarle a él en mala posición? ¿No le habría favorecido en cualquier caso?

—Entonces, ¿no estás saliendo conmigo para vengarte de él?

—¡No! De hecho, desearía que no fueras su hermana. Por eso me marché de Java Hut. Sabía que complicaría las cosas. Pensé que sería más fácil dejarlo ahí. Pero no pude. No podía sacarte de mi cabeza.

Un silbato agudo llamó la atención de Keeley. Se volvió y rodeó a Talon para ver mejor. Dos chicos a los que no reconoció se habían detenido a un lado. El más bajito llevaba un gorro azul marino y una sudadera gris. Supuso que sería el que había silbado porque daba impacientes golpecitos a su reloj. El otro era todo lo contrario a él: volteando con el dedo un juego de llaves de coche, parecía incluso aburrido con la situación.

—Termina de una vez. Tenemos que pirarnos —dijo el de la gorra.

Talon miró su reloj y maldijo.

—Ya hablaremos más tarde. Después del partido. Te escribo. —Se inclinó para besarla, pero ella ladeó la cabeza y le puso la mejilla. No le apetecía besarle; no mientras procesaba aún lo ocurrido y ciertamente no en el campus donde se encontraba su hermano.

Cuando Talon se separó de ella, Keeley vio su mirada afligida. Le apretó la mano.

—Hablamos esta noche. Te lo prometo.

Talon le devolvió el apretón. Luego los tres chicos se alejaron rápidamente de la sala de pesas y desaparecieron de su vista.

Cuando terminaron las clases, Keeley sacó sus libros de la taquilla y fue al aparcamiento a esperar a Nicky. Como el partido no empezaba hasta las siete, habían planeado dar una vuelta por el muelle antes de volver al campus. Había llegado casi al coche de Nicky cuando vio a un grupo de estudiantes en la parte trasera del aparcamiento. Picada por la curiosidad, cambió de rumbo y se acercó a la multitud. Se puso de puntillas para intentar ver qué era tan fascinante, pero había demasiada gente.

A duras penas pudo ver el coche de Cort entre la multitud. Lo habían enrollado en plástico y pintado, exactamente como el de Talon. Pero este había ido un paso más allá: había dibujado un dedo medio en el capó.

—Oh, mierda —murmuró Keeley.

La muchedumbre calló cuando su hermano y sus amigos se abrieron paso entre la gente. Todos se quedaron mirándolo, a la espera de su reacción. Si habían previsto un estallido de rabia, se equivocaron de pleno. La espina dorsal de Zach se puso tiesa como una baqueta. Su expresión se congeló; su rostro una máscara de hielo frío y duro. El único signo de emoción estaba en sus ojos, y Keeley era la única que podía captarlo. Toda una declaración de guerra. Zach tenía sed de venganza, y la dirigiría contra una persona en el campo de juego esa misma noche: su novio.

Capítulo 20

Estoy destrozada

•••

—El partido ni siquiera ha empezado. Cálmate —dijo Nicky, apoyando una mano en la rodilla de Keeley—. Como no dejes de retorcerte así, se van a pensar que te has drogado.

—No puedo evitarlo.

Keeley sacudió la otra pierna, expulsando algo de la energía que se acumulaba dentro de ella. Cada minuto que pasaba crecía su ansiedad. El que las gradas del campo de fútbol estuvieran abarrotadas no ayudaba. No podía moverse sin que la pisaran.

Keeley observaba el desfile de gente que portaba orgullosa los colores de su instituto. Y no solo se trataba de estudiantes: padres y profesores lucían igualmente los colores azul y blanco de Edgewood —caray, hasta el alcalde estaba allí— en todas sus formas: camisetas, bandanas y hasta pintura facial. Se diría que la ciudad entera había venido al partido, dispuesta a darlo todo por sus jugadores.

Los ojos de Keeley viajaron al otro lado de la pista. Los fans de Crosswell se agolpaban en las gradas del equipo visitante con el mismo entusiasmo; su orilla, un mar verde y dorado. La rivalidad entre ambos equipos se remontaba a tiempos inmemoriales.

En el extremo de la cancha, cerca del poste de la portería, Keeley podía distinguir a los jugadores de Crosswell. Hacían calentamientos: se estiraban y se pasaban la pelota. Buscó el número de Talon, pero el equipo estaba demasiado lejos como para poder distinguirlo.

—No entiendo por qué estás tan nerviosa. Solo es un partido —comentó Nicky.

Normalmente habría estado de acuerdo con su amiga, pero esta vez no era el caso.

—Ya has visto a Zach. Tiene ganas de pelea. —Cuando Zach estaba de mal humor, su sensatez salía volando por la ventana. Y si se cabreaba en serio, era capaz de llegar a las manos.

Nicky señaló la cancha con la mano.

—Los árbitros intervendrán antes de que corra la sangre.

—¿Y se supone que eso debe tranquilizarme? —Keeley no quería que nadie acabara en la enfermería.

—No va a pasar nada. Los dos juegan en ataque. Cuando Zach esté en el campo, Talon estará en el banquillo y viceversa.

Menos mal que Dios aprieta pero no ahoga. No quería ni imaginar lo que pasaría si uno de los dos jugase en la línea defensiva. Una sangría.

—Aún estoy intentando encajar toda la conexión con Claire. ¿Cuántas probabilidades hay de que él fuera la persona con la que confundí el teléfono?

—¿Probabilidad o un encuentro perfectamente orquestado? Es la revancha perfecta: utilizar a la gemela de Zach para vengarse de él por lo de Claire. —Cualquier benevolencia que Nicky hubiera mostrado por Talon había desaparecido al enterarse de lo de Claire.

—No pienso acusar a Talon de algo basado en la especulación.

—Al menos piénsalo —dijo Nicky—. Podría ser verdad, tienes que reconocerlo.

Keeley necesitaba salir de allí. Levantándose, dijo:

—Voy al lavabo.

La duda se apoderó de ella mientras se abría paso hacia el baño y se metía dentro. ¿Lo habría planeado todo Talon desde el principio? ¿La estaba manejando como quien mueve los hilos de una marioneta para herir a su hermano?

No se sentía manipulada. Sus palabras y sus actos parecían genuinos. Y la química entre ellos —Dios, la química entre ellos—, nadie podría fingir algo así. Confusa y frustrada, dejó escapar un quejido en voz alta.

—¿Todo bien ahí dentro? —dijo una voz de fuera de su retrete.

—Tengo algunas pastillas para la acidez si necesitas, cielo.

—U-um... No, gracias —logró farfullar Keeley. Se hizo un silencio incómodo. El grifo se abrió y Keeley rezó porque la señora se diera prisa. Faltaban unos minutos para el inicio del partido y si tardaba mucho, se perdería el saque. Como una prueba de sus temores, le vibró el móvil. Un alud de mensajes apareció en pantalla. El primero era de Zach:

Dónde estás?! No te veo en las gradas.

Me dijiste que ibas a venir. Otra mentira?

Luego Nicky:

Has vuelto a caerte en el baño?

Zach:

Estás del lado de Harrington?! No me puedo creer que me hagas esto.

Nicky de nuevo:

Llamo al 911?

—Oh, por el amor de Dios —farfulló. ¿Zach ni siquiera le dirigía la palabra y ahora protestaba? Keeley comprendía su disgusto, pero debía saber que si ella le había dicho que lo apoyaría a él, es que lo apoyaría a él.

«¿Por qué narices tarda tanto la señora?», pensó Keeley. Era consciente de lo ridícula que estaba, dentro del retrete, esperando. ¿Qué era de la chica que tan valientemente se había enfrentado a Talon poco antes? ¿Por qué esa chica siempre se desvanecía en segundo plano? Tenía que mantenerla a flote, pero la única manera de hacerlo era tomando una decisión consciente. Si lo conseguía, quizás acabara saliéndole de forma espontánea.

Con una firme afirmación de cabeza, descorrió el cerrojo y salió del retrete. La señora, que no mediría más de metro y medio de altura, estaba delante del espejo. Por detrás parecía una estudiante de instituto. Llevaba vaqueros ceñidos, botas camperas con flecos y un suéter de Crosswell. Masas de bucles rubios se apilaban precariamente sobre su cabeza, como si fueran a deshacerse en cualquier minuto.

Sin embargo, al volverse, Keeley vio que era mayor. No

es que fuera mayor en un sentido concreto: tenía esa madurez, esa sabiduría que solo viene con el tiempo. Había visto la misma mirada en su madre. La mujer era absolutamente deslumbrante.

—Hola, preciosidad —dijo la señora.

Algo en su voz despertó un recuerdo en la memoria de Keeley. Se devanó los sesos, intentando averiguar qué era.

—¿Te encuentras bien?

Los ojos de la mujer danzaban mientras hablaba. Entonces lo recordó. Sus ojos. Su acento. Era la madre de Talon, Darlene.

¿Le estaba pasando esto de verdad? Le entraron ganas de mirar a su alrededor para ver si había cámaras ocultas. Un golpe brusco en la puerta del baño la salvó de tener que responder.

—¡Darlene! —gritó una voz profunda—. ¡Estás bien! Deja de emperifollarte. ¡Nos vamos a perder el saque!

—Hombres —dijo la madre de Talon, poniendo los ojos en blanco hacia Keeley, como desvelándole un secreto. Otro golpe impaciente—. Será mejor que salga antes de que le suba la presión sanguínea. Odia perderse un solo segundo del partido de nuestro hijo.

Keeley la observó mientras salía tranquilamente del baño como una modelo con sus botas de tacón alto. Entrevió por un segundo al padre de Talon. Era un hombre alto, imponente, de feroz entrecejo. Keeley esperó unos minutos antes de volver corriendo a su sitio y se sentó justo cuando los jugadores salían al campo. La energía a su alrededor era eléctrica. Todo el mundo estaba excitado. Apenas podía imaginarse cómo se sentirían Talon y Zach. «Vale —susurró mientras sonaba el pitido—, allá vamos».

El público calló cuando los jugadores se agacharon, adoptando sus posiciones. Pudo oír la voz de Talon cuando gritó: «Uno. Dos. Tres. ¡Ya!». El balón aterrizó en sus manos. Se movió hacia la izquierda y luego fingió irse a la derecha mientras buscaba a un jugador desmarcado.

Keeley habría sido la primera en reconocer que el fútbol no tenía interés para ella. Demasiados gruñidos, entradas y apiñamientos. Pero ver a Talon jugar tenía algo hipnótico.

Era asombrosamente grácil para alguien de su estatura. Si Zach era potencia pura, Talon era finura. Se movía como una pantera, zigzagueando entre la defensa, sus largas piernas proporcionándole inyecciones de energía. Era intrépido y ágil e imponente… y todo suyo. Entendía al fin por qué las chicas iban detrás de los jugadores de fútbol. Reivindicar a uno como tuyo era un sentimiento poderoso.

El brazo de Talon reculó y después su muñeca avanzó hacia delante mientras lanzaba la pelota. Todos los ojos siguieron la pelota, mientras que los de Keeley permanecieron clavados en Talon. Su cuerpo permanecía en tensión mientras observaba, centrado al cien por cien en la pelota veloz como un rayo. Cuando su compañero de equipo la atrapó, consiguiendo el primer *down*, Talon dio un puñetazo en el aire.

Talon tenía quejas de su padre y de la intensidad del juego, de acuerdo, pero bajo todas estas protestas existía un talento que no podía negarse. Merecía cada premio ganado, por más que Zach se empeñara en lo contrario. Keeley no habría sabido decir cuál de los dos jugaba mejor —si Zach o Talon—, pero sabía que la cosa estaba igualada. Muy igualada.

A mitad del partido, Crosswell iba perdiendo por siete puntos. Habían llevado la delantera, pero Zach y su equipo hicieron un par de buenas jugadas, poniendo a Edgewood por delante en el marcador. De momento, los dos equipos jugaban limpio. Se habían dado un par de empellones fuertes, pero nada serio. Por primera vez, Keeley empezó a relajarse. Puede que hasta saliesen ilesos del partido. Sacó su móvil cuando le vibró en el bolsillo.

Podría usar algún amuleto de la suerte, gatita.

¿Un amuleto de la suerte? ¿Cómo qué?

Quieres que te devuelva el anillo?

No. Algo mucho mejor.

Qué?

Un beso.

Keeley se imaginó lanzándose en sus brazos y besándole en medio de tanta gente. Como eso era imposible, se decantó por la siguiente mejor opción: arrugó los labios y se hizo una foto.

Ahora ya puedo patear algún trasero. ☺

Su felicidad se desvaneció. Zach estaba jugando fenomenalmente. Sus pases daban en la diana. Estaba llevando a su equipo a la victoria. ¿Tendría ella parte de la culpa si perdían? La culpabilidad hizo que escribiera a su hermano.

Estás jugando de maravilla! Y claro que estoy sentada en el lado de tu equipo... búscame en la segunda parte.

Cuando los equipos salieron del vestuario al campo, Keeley vio a Zach. Sus ojos buscaban entre las gradas hasta que encontraron los de Keeley. Puede que las cosas salieran bien después de todo.

La segunda parte empezó con el balón en posesión de Edgewood. Zach estaba en la campo con el resto de la línea de ataque. Todo iba bien hasta que el balón salió fuera de campo, del lado de Crosswell, justo donde Talon estaba sentado. Las manos de Keeley se juntaron cuando vio que su hermano iba al trote a recuperar el balón.

—Oh-oh —murmuró Nicky, estirando el cuello—. La que se va a armar.

—Que alguien lo detenga —dijo Keeley a nadie en particular, pasándose las manos por la frente y por el pelo—. A ver, a lo mejor no es para tanto. —Vio como Zach se agachaba para recoger el balón—. De momento, bien.

De pronto, su hermano se incorporó sin el balón. Mierda. Keeley había hablado demasiado pronto. Su corazón se detuvo mientras Zach se enderezaba lentamente, cuadrando los hombros. Se quitó el casco justo en el momento en que Talon se levantaba. Lo dedos de Keeley se hundieron más en sus cabellos, toda su atención centrada exclusivamente en los dos chicos que avanzaban el uno hacia el otro. Zach se movió ligeramente hacia la derecha, bloqueando la visión de su hermana.

—¿Puedes ver lo que está pasando? —preguntó a Nicky, cuyo ángulo de visión era mejor.

Nicky maldijo justo cuando Keeley pudo ver la primera reacción de Zach. Horrorizada, vio cómo oscilaba hacia delante, entrando en contacto con la mandíbula de Talon. Durante una milésima de segundo, el público guardó un silencio sepulcral. Talon se movió, pero no para placarle contra el suelo, como Keeley pensaba que haría. En lugar de eso, se alejó.

Un árbitro entró en el campo con un micrófono y anunció por el altavoz: «Número seis, Zachary Brewer, suspendido durante el resto del partido por alteración del orden público».

Keeley buscó a su hermano, que estaba junto a la línea de banda. Zach tiró su casco al suelo y volvió al banquillo. Inmediatamente, la buscó con la mirada. La ira en su mirada la dejó clavada en su sitio. Cort le puso una mano en el hombro, pero él se zafó y siguió caminando. Keeley vio que salía de la cancha. Con el puño cerrado, golpeó la valla de tela metálica que bordeaba la pasarela. El estridente sonido del temblequeo metálico reverberó en los oídos de Keeley.

El resto del partido fue tenso. Sin Zach, Edgewood empezó a desmoronarse. Hicieron pases chapuceros y placajes mal sincronizados. Crosswell se alimentó de los errores de Edgewood, sacándole mucha ventaja. A cinco minutos del final del partido, los dos equipos iban empatados.

Talon y su equipo hacían todo lo posible por mover el campo hacia abajo, pero Edgewood mantenía la línea de defensa. A medida que el final del partido se aproximaba, Talon se desesperaba. En una jugada maestra, fingió un pase al corredor, pero se guardó el balón en el brazo. Confuso, el defensa de Edgewood siguió al corredor, que fingió tener el balón. Rápidamente, Talon miró campo adelante y vio a uno de sus receptores desmarcados. Un segundo más tarde, el balón aterrizó volando en las manos abiertas del jugador. Los fans de Crosswell vitorearon al chico, que corría ya a toda velocidad campo abajo. Veloz como un rayo, esquivó al defensa acercándose a la línea de fondo. El público se puso en pie, los ojos paralizados en el campo. Estaba a veinte metros, luego a diez, luego a cinco… luego…

Crosswell estalló en ovaciones. Los fans salieron en tropel al campo, corriendo hacia el equipo ganador. Talon fue levantado a hombros, con los puños en alto. Keeley se alegraba por su novio, se alegraba de verdad, pero una parte de ella odiaba que Zach hubiera perdido. Había trabajado duro para ese partido. Zach creía —con razón o sin ella— que todo su futuro dependía de él.

—¿No vas a felicitar a tu chico? —preguntó Nicky, señalando el campo.

La mirada de Keeley se desvió de la multitud de fans de Crosswell al vestuario de Edgewood. Una figura solitaria salía de él, los hombros caídos. Keeley sabía quién la necesitaba más.

Capítulo 21

Quiero que hablemos

•••

—Zach —rogó Keeley llamando a la puerta de su dormitorio—, háblame. —Apoyó la cabeza en la puerta. Llevaba diez minutos plantada delante del cuarto de su hermano. Había intentado persuadirle, ordenado que abriera, gritado, incluso amenazado, pero en vano, no obtenía respuesta—. Dime al menos si estás bien.

Más silencio.

—Si no me hablas porque hay un psicópata que te retiene ahí dentro con un cuchillo, entonces tose una vez. —Un débil sonido salió de dentro del cuarto. Keeley llamó a la puerta con más fuerza.

—Estoy bien, Keels. No necesito hablar. —Zach suspiró con exasperación—. Solo quiero que me dejen en paz.

—Sabes que yo no soy así. Nunca te dejaría solo en un momento de crisis.

—Haces que suene como que estoy al borde de una crisis nerviosa.

—¿Es que no lo estás? —Siempre que perdía un partido salía con sus compañeros del equipo y se desfogaban en los recreativos. Nunca se había escondido en su cuarto.

Keeley se deslizó hasta el suelo y apoyó la espalda en la pared.

—Sé lo mucho que deseabas ganar.

—Ganar no lo es todo.

Keeley se quedó sorprendida: la afirmación venía de un chico que aún se jactaba ante su familia de que había aprendido a andar antes que ella.

—¿Entonces por qué te encierras en vez de salir por ahí con tus amigos?

—Es que… —Algo dio un golpetazo sordo contra la puerta—. Le he fallado a mi equipo.

Se había fallado a sí mismo, no al equipo.

—No eres Dios, ¿de acuerdo? La suerte del equipo no está exclusivamente en tus manos. Tenían posibilidades de ganar pero las han echado a perder.

—Me eligieron como su capitán. Se suponía que debía guiarles, no meterme en una pelea y pifiarla.

—Sí, la has pifiado y has recibido tu castigo. Pero se acabó. Deja de mortificarte y muévete. No dejes que esto arruine el resto de la temporada. Y la próxima vez controla tu temperamento.

—Lo he intentado, pero era él.

—¿Te dijo algo? —Casi deseaba que lo hubiera hecho, porque desde su sitio pareció que Zach le había dado un puñetazo sin más. Primero lo de Claire, y ahora esto… no le gustaba la persona que veía.

—Me dijo que le habías estado escribiendo durante el descanso. Que le habías enviado una foto… —Hizo una pausa—. Un beso.

—¿Eso es lo que te sacó de quicio? Un poco exagerado, ¿no crees? —No entendía por qué estaba tan molesto con Talon. Al fin y al cabo, había sido Zach el que había ido detrás de Claire. ¿Por qué esa hostilidad después de tanto tiempo?

¿Y por qué estaba ahí sentada, pensando en todas estas preguntas en vez de preguntarle directamente? «Decisión consciente», se recordó a sí misma. Cada momento tenía que ser una decisión consciente. Sus dedos juguetearon con el anillo de Talon.

—¿Por qué lo hiciste? ¿Por qué le robaste la novia?

Al principio pensó que no la había oído. Estaba a punto de repetir la pregunta cuando la puerta se abrió de par en par. Zach estaba sentado en el suelo, al otro lado de la puerta, apoyado en la cama. Tenía la cabeza echada hacia atrás y las manos sobre las rodillas dobladas. Estaba triste. Derrotado.

—¿Qué te contó exactamente sobre ella?

—Que era su novia y que tú te la ligaste a propósito para herirle. —Zach enderezó la cabeza y ella lo miró con desaprobación—. Bastante es que tengáis esta estúpida rivalidad como para que uses así a una chica, ¿no te parece?

—Mira, no me siento orgulloso de lo que hice, pero quiere vengarse a toda costa y usará todo su arsenal para conseguirlo. Tú incluida. Despierta, Keeley. Creía que eras más lista.

—¿Yo? ¿Y tú qué? ¿Zurrarle a alguien por una estúpida foto de un beso? ¿Utilizar a una chica inocente? No eres tú. No eres el Zach que yo conozco. ¿Y cómo es que no había visto nunca esa foto tuya con Claire hasta la otra noche? —Nunca se había sentido tan lejos de él como en estos momentos—. ¿Qué nos ha pasado?

Zach suspiró.

—¿Sabes de qué va la redacción que he escrito para la admisión a la universidad?

¿Quería hablar de la universidad? ¿En estos momentos?

—¿Y eso qué tiene que ver con nosotros?

—He escrito sobre por qué me metí en el fútbol.

—Papá te inscribió. Teníamos seis años. —Por eso el número de su camiseta era siempre el seis.

—Y la razón por la que seguí jugando es porque necesitaba hacer algo. Cuando te hiciste amiga de Nicky, dejaste de necesitarme. Dejaste de venir a mí con todos tus problemas. Y me sentí… solo. El fútbol me dio amigos. Algo que hacer. Y resultó que se me daba bien.

Keeley no tenía ni idea de que se había sentido así.

—No pensé que quisieras hablar de Barbies y cosas de chicas. Por eso me volqué en Nicky. —Finalmente se convirtió en algo natural hacerle confidencias a Nicky y no a Zach—. Lo siento si te di de lado. No era mi intención.

—Lo sé. Pero desde entonces siempre ha habido un muro entre nosotros. Hablamos de las cosas del día a día, pero nada más. Yo quise acercarme a ti, sobre todo cuando sucedió lo de Claire, pero no sabía cómo. Puede que por eso te animase con Barnett. Pensé que si íbamos a la misma universidad tendríamos la oportunidad de empezar de cero. Recuperar la cercanía de antes.

Keeley se sintió culpable por ser una inconsciente. Su hermano siempre había sido el más fuerte de los dos. Ella había asumido que no la necesitaba. Qué equivocada había estado.

—Me gusta Barnett, pero no voy a pedirla. No me va. Pero eso no significa que no podamos recuperar nuestra relación.

—¿Y cómo vamos a hacer eso a millas de distancia?

«Decisión consciente.» A esto volvía todo siempre.

—Nos esforzaremos en hablar entre nosotros cuando tengamos problemas. Yo podría haberte contado lo del intercambio de teléfono en su momento, pero no lo hice. De cara al futuro, si pasa algo, te lo contaré. Y tú haz lo mismo. Basta de secretos.

Zach sonrió.

—Eso me gusta. —De pronto, hizo una mueca, como recordando algo doloroso—. Tengo que contarte algo. Es sobre Talon y Claire. Hay algo más aparte de lo que él te contó.

¿Más?

—¿Qué quieres decir?

—Tienes que preguntárselo tú —contestó—. Mereces saber toda la historia.

—¿Por qué no me la cuentas tú?

—No... no puedo. —Frustrado, golpeó el suelo con la pierna—. Ella me pidió una cosa, y es que nunca le contase a nadie lo que pasó. Lo siento, pero no puedo incumplir esa promesa. Ni siquiera por ti.

Keeley salió del dormitorio confusa. ¿De qué estaba hablando Zach? Toda la verdad. ¿Qué más podía haber? Cogió su móvil y mandó un mensaje a Talon.

Estás libre?

Sip. Ya he terminado con mis padres.
Estás en casa? Puedo pasarme a por ti.

Te espero.

Keeley estaba ansiosa mientras esperaba a Talon. ¿Qué «verdad» iba a escuchar?

Llamó a la puerta y fue a abrirle. Antes de que pudiera moverse, la levantó y le dio vueltas en el aire.

—¿Y esto por qué? —le preguntó cuando la dejó en tierra.

—Celebrándolo, gatita —explicó con una sonrisa de oreja a oreja que la hizo sentir incómoda.

Talon abrió la puerta del pasajero de su camioneta y la ayudó a subir. Keeley, que no esperaba otra cosa sino que él cerrase la puerta, se sobresaltó y dio un grito ahogado cuando las manos de Talon la agarraron de la nuca, atrayéndola hacia sí para plantarle un beso fuerte y rápido. Sonriente, la soltó y cerró la puerta. Rodeó la camioneta al trote y entró de un brinco en el asiento del conductor. Cuando hubieron salido del camino de entrada a la casa, se inclinó hacia la guantera y le cogió la mano.

—Tengo una sorpresa para ti.

Se le veía muy feliz. Keeley dudó si sacar a colación un tema delicado, pero se recordó que a Talon le gustaba su verdadero yo. Incluso la animaba a hacerlo.

—Talon, quiero hablar contigo.

—Hablaremos —la tranquilizó, apretándole la mano—. Pero antes quiero enseñarte algo.

Bajando la vista hacia sus dedos entrelazados, Keeley dijo en voz baja:

—Tenemos que hablar ahora, Talon.

—Eso puede esperar. He encontrado este increíble… —Se le fue apagando la voz cuando vio la expresión seria de Keeley—. ¿Qué pasa?

Keeley vaciló antes de soltarlo.

—Zach me ha dicho que te pregunte por Claire. Creo que no me has contado toda la historia.

—No agüemos la fiesta ahora —repuso con un dejo de desesperación en la voz—. Tengo biscotes Graham y Píos. Podemos hacer sándwiches.

—Quiero saberlo, Talon —dijo ella con firmeza. Tanto

Zach como Talon le ocultaban algo. No era justo—. Necesito saberlo.

Talon se mordió el labio inferior; parecía en lucha consigo mismo. Luego una feroz mirada de determinación lo invadió. Dando un volantazo, sacó la camioneta de la carretera y aparcó junto a la playa.

¿Qué diablos estaba pasando?

Unos ojos azules ardientes la miraron de hito en hito.

—¿Quieres saber lo que pasó? Vale. Hablemos.

Capítulo 22

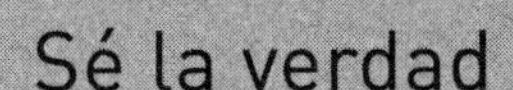

...

Talon abrió de un golpe la puerta de la camioneta y se acercó a la de Keeley. Su cuerpo estaba rígido cuando abrió la puerta del pasajero y esperó a que ella saliera. En silencio, lo siguió mientras caminaba trabajosamente por la arena hacia la orilla. La luna iluminaba las olas rompientes y las estrellas titilaban sobre ellas. Habría sido un momento romántico si no fueran a tratar el tema de una exnovia.

Finalmente, Talon se detuvo cuando las olas de la marea creciente le lamieron los tobillos. Mirando el mar, se metió las manos en los bolsillos delanteros y se encogió de hombros.

—No sé muy bien cómo decírtelo —empezó—. Nunca he querido que lo supieras, pero en el fondo siempre me ha preocupado que llegáramos a esto.

¿Por qué tenía tanto miedo de contárselo? Algunas de sus antiguas dudas afloraron de nuevo.

—Siempre me metía en líos por ser un imprudente. El abuelo me advertía de que un día lamentaría no pararme a pensar antes de actuar. —Meneó levemente la cabeza y soltó una risa de menosprecio hacia sí mismo—. Maldita sea, vaya si tenía razón. No pasa ni un solo día que no desee haberme parado a pensar cuando descubrí lo de Claire y Zach.

Keeley se estremeció y se frotó los brazos, y este movimiento captó la atención de Talon. Sin dudarlo, se desabrochó la camisa y se la pasó por los hombros.

—Me puse tan furioso cuando los pillé —continuó—. No sé qué fue peor, enterarme de que me engañaba o saber que la persona con la que me había traicionado era Zach. La noche que lo descubrí, me enfrenté a ella. Le exigí que me explicara por qué había hecho algo así. Yo pensaba que todo iba bien entre nosotros. Teníamos una relación estupenda, ¿por qué se había enrollado con Zach? ¿Por qué me había traicionado? —El dolor en su voz crecía con cada palabra—. ¿Por qué no...? —Se le quebró la voz y frunció los labios—. ¿Por qué no le bastaba yo?

—Oh, Talon —musitó ella. Pues claro que él bastaba.

—No me compadezcas —rugió, adentrándose más en el agua—. No lo merezco.

—¿Qué explicación te dio cuando le preguntaste?

Se encogió más de hombros.

—Dijo que yo era muy intenso. Que no estaba preparada para una relación así y que Zach... —Tragó saliva—. Zach la hacía reír.

—Pero eso no es una excusa para hacer lo que hizo. Si notaba que la cosa no funcionaba contigo, tendría que habértelo dicho, no actuar a tus espaldas —dijo Keeley con lealtad.

—Todos cometemos errores —dijo Talon.

—¿Estás defendiéndola? —le preguntó, incrédula.

—Entiendo por qué se sintió como se sintió. Cuando salimos juntos, yo seguía afectado por la muerte del abuelo. Le hablé de cómo me sentía y por lo que estaba pasando. No fue muy agradable. —Hizo una mueca—. Todo eso combinado con la presión del fútbol y... —Se encogió de hombros. Luego dio un puntapié a la marea entrante, devolviendo una cascada de agua al océano—. Digamos que fue el momento perfecto para que Zach pasara a la acción.

El remordimiento tiñó su voz mientras seguía hablando.

—Cometí un error, Keeley. Un error muy gordo. Y me aterroriza que, cuando te lo cuente, te alejes de mí y no vuelvas a mirar atrás.

—¿Qué hiciste?

Keeley sorteó adrede el comentario sobre el alejamiento.

—Después de discutir con ella, me fui con mis amigos —contestó—. Fuimos a casa de Finn y empezamos a beber. No paraba de darle vueltas al tema. No dejaba de pensar en que me había traicionado. Finn dejó que me desahogara y después metió baza, diciendo que no podíamos dejar que ella no supiera lo que es sentirse traicionado.

Talon hizo una pausa y se pasó una mano por la cara.

—Recuerdo el momento exacto en que tuve la idea. Tenía el móvil en la mano, estaba mirando la foto de ellos dos besándose, y pensé en las otras fotos que tenía de ella. —El músculo de la barbilla saltó cuando apretó los dientes—. Fotos comprometedoras.

Keeley comprendió de qué estaba hablando.

—¿Tú...?

La mirada de Talon cayó al suelo, pero no antes de ver la vergüenza en los ojos de ella.

—Se las envié a mis amigos.

La consternación se transformó rápidamente en horror. Esas fotos tenían que haber corrido como la pólvora. Apenas podía imaginar cómo habría sido la vida de Claire después de aquello. Convertir un momento vulnerable en algo tan vulgar. Ser traicionada por la persona que creías fiable.

—¡¿Lo ves?! —estalló él, levantando las manos—. Por eso no quería que supieras nada. Para que no me mirases así —dijo señalando su cara—, con tanta repugnancia.

—No te veo con los mismos ojos. ¿Cómo podría? —Talon no era la persona que ella creía. Entendía el disgusto y el dolor por el engaño, pero ¿humillar a alguien a propósito? Era cruel.

—¿Crees que no me arrepiento? —gritó—. Cuando desperté al día siguiente, quise deshacerlo todo pero el daño ya estaba hecho. Todos tenían las fotos.

—¿Por eso se fue de la ciudad?

Talon asintió.

—Un mes o así después del incidente pusieron su casa en venta. Se mudó a una hora al norte de aquí. Intenté pedirle perdón, pero no quiso hablar conmigo. —Cerró los ojos un segundo—. No te haces una idea de cuánto habría deseado pararme a pensar antes de enviar esas fotos.

—Seguramente no tanto como ella —dijo Keeley. Lamentó al instante las palabras que salieron de su boca—. No debería haber dicho eso. —Pero tenía razón.

Talon hundió las manos en los bolsillos.

—No pasa nada. Ahora ya lo sabes. Esa es toda la historia. Y la razón por la que ya no guardo fotos en el móvil.

La mente de Keeley se aceleró mientras asimilaba todo lo que acababa de escuchar. Sabía que Talon estaba arrepentido. Era evidente en cada una de sus palabras, de sus gestos. Pero, pese a todo, ¿cómo podía confiar en él? ¿Qué más le estaba ocultando? ¿Y de qué más era capaz? Ser impulsivo y tener un arrebato era una cosa, pero había arruinado la vida de una persona. ¿Y si arruinaba la suya?

Midiendo sus palabras, dijo:

—Aquí hay mucho que asimilar.

Durante unos segundos, contempló la posibilidad de caer en sus brazos y asegurarle que todo iba a ir bien, pero su conciencia intervino.

—Lo que hiciste es horrible, Talon. Echaste a perder la experiencia de esa chica en el instituto, tanto que tuvo que marcharse.

¿Y más allá del instituto, qué? Esas fotos podían perseguirla hasta la universidad y sus empleos… y uf. ¿Y si sus hijos las veían?

—Nunca te haría algo así —juró.

—Eso lo dices ahora… —Quería creerle, pero… tenía toda la vida por delante. ¿Y si pasaba algo y la ponía en peligro? Necesitaba confiar en su pareja, no estar constantemente en alerta.

Talon le cogió la mano y se la puso en el pecho, sosteniéndola con la suya. Su corazón latía veloz debajo de la palma de Keeley.

—He aprendido la lección, Keeley. He cambiado. Sé que no me crees. Y es perfectamente comprensible. Pero al menos dame la oportunidad de demostrarte que ya no soy esa persona.

Sus ojos azules la impelían a escucharle, a creerle. Si esto hubiese ocurrido un mes antes, puede que incluso una semana antes, lo habría hecho. Pero ya era una chica diferente. Una chica que podía hablar sin pelos en la lengua. Sabía lo que debía hacer. Inspiró profundamente y se lo explicó.

—El hecho de que fueses esa persona al principio es lo que me preocupa. Es como descubrir tu verdadero nombre una y otra vez.

—Confía en mí —susurró.

—Me pides que confíe en ti a ciegas, pero ¿cuándo vas a confiar tú en mí?

Una sombra cruzó el rostro de Talon.

—Cuando sepa que no te vas a alejar de mí.

—Eso no es una relación, Talon. Guardar secretos solo estropea lo que hemos construido.

—¿Puedes decir sinceramente que si lo hubieras sabido desde el principio me habrías dado una oportunidad?

La duda perfiló el rostro de Keeley.

—¡Exacto! ¿No lo ves? —dijo agarrándole los hombros—. Estaba dándonos tiempo para conectar, para construir una base que pueda resistir los secretos.

—Te olvidas de algo, Talon. —Entrecerró los ojos y respiró hondo. Intentó mantenerse firme—. No ibas a contármelo nunca, Talon. Nunca —repitió—. Si no te hubiera presionado, me habrías mantenido tranquilamente en la ignorancia.

—¿Por qué iba a querer que la chica que me importa supiera mi secreto más oscuro? ¿Del que más me avergüenzo?

Su voz destilaba ira.

—Me lo estás contando porque es lo que tienes que hacer. Me lo cuentas porque somos iguales. No tienes derecho a decidir qué es lo mejor para esta relación y qué no. —Sus ojos marrones se agrandaron—. Yo también estoy en esto. Y tengo derecho a elegir.

—He hecho lo que creía mejor —logró decir él—. He cometido errores. Ahora lo veo, y por más que quiera, no puedo cambiar el pasado.

—¿Y qué hay del futuro? ¿Cómo sé que no harás lo mismo la próxima vez?

—Oh, ¿ahora resulta que existe la posibilidad de que tengamos una relación?

Su tono sarcástico rompió algo dentro de Keeley. Peleó

por repararlo, pero era demasiado tarde. Las lágrimas poblaron sus ojos y lentamente rodaron por su rostro.

Talon apoyó su frente en la de ella, enjugando delicadamente las lágrimas con el pulgar.

—Lo siento, gatita. Muchísimo —susurró—. Por favor, no llores. —Sus labios siguieron su pulgar, imprimiendo suaves besos en su mejilla.

—Es solo que estoy muy confusa —dijo—. A veces es como si saliera con dos chicos distintos.

—Soy solo yo —repuso.

Keeley se secó el resto de las lágrimas y levantó la cabeza.

—Pero no lo eres. A veces puedes ser Talon y otras puedes ser J. T. Cuando eres Talon eres dulce y divertido. Pero de vez en cuando, veo asomar a J. T. Y no sé cómo reconciliarlos a los dos. —Pensaba que J. T. era puro teatro, y que Talon era su verdadero yo, pero ¿y si no era así?—. No confío en J. T.

Sus narinas se ensancharon.

—¿Y qué? ¿Ya está? ¿Decides que no te gusta un aspecto de mí y abandonas? ¿Ni siquiera lo vas a intentar?

Los ojos de Keeley ardían cuando apartó la mirada y musitó en voz baja:

—No sé si quiero.

Su confesión flotó en el aire. Keeley solo podía oír el sonido de su respiración.

—Si me dices ahora mismo que no hay posibilidades de que estemos juntos, me iré. No volveré a molestarte. Pero si sientes que existe la mínima posibilidad de que lo nuestro funcione, entonces lucharé con todo lo que tengo para demostrarte que puedes confiar en mí.

Con los cambios de la universidad y todo a su alrededor, Keeley necesitaba sentirse segura en una relación. Talon ya no era una persona de fiar.

—Lo siento.

Keeley vio la cuchillada de dolor en el rostro de Talon mientras cerraba los ojos. Cuando volvió a abrirlos, se apartó de su lado, la voz plana.

—Te llevo a casa —dijo.

El viaje de vuelta duró mil años. Keeley se habría sentido mejor si él hubiera dejado traslucir algún tipo de emoción, pero no podía leer nada en sus ojos. Era como si una cáscara protectora encerrara sus sentimientos.

Cuando por fin llegaron a la entrada de su casa, Keeley solo deseaba salir del coche. Abrió la puerta de la camioneta incluso antes de darle tiempo a aparcar.

—Espera —dijo él—. Tienes mi...

Keeley todavía llevaba puesta su camisa de manga larga.

—Oh, quieres que te devuelva esto, ¿no? —preguntó. Se desprendió de la suave tela y se la devolvió.

—Gracias, pero en realidad me refería al anillo.

Las manos de Keeley se enredaron con el cierre. Se le detuvo el corazón al darse la vuelta para devolvérselo; era un emblema de lo que habían perdido.

—¿Quieres el móvil también?

—No —susurró—. Eso era un regalo.

Keeley le dedicó una triste sonrisa y bajó de la camioneta de un salto. Cuando se iba, levantó una mano y susurró:

—Adiós, Talon.

Capítulo 23

No quiero estar sola

•••

El baile de los antiguos alumnos de Edgewood se acercaba rápidamente. El estudiantado era un hervidero de cotilleos sobre quién iba a ir con quién y qué ropa ponerse. Keeley intentaba desconectar de todo, pero de cuando en cuando le llegaba algún que otro comentario aislado. En esos escasos momentos, se permitía imaginarse cómo habría sido ir al baile con Talon. Algo que ya no sucedería nunca.

Cuando sonó el timbre del almuerzo, encontró a Nicky sentada a una de las mesas de la cafetería.

—Estoy harta del temita del baile —dijo Keeley—. Qué ganas tengo de que llegue nuestro finde de chicas.

Habían planeado pasar el fin de semana entero juntas. Irían a la bolera y al cine, se acostarían tarde y se mimarían la una a la otra.

Una mirada vacilante.

—En cuanto al finde…

Keeley sintió que el terror tomaba forma. «No dejes que pase lo que estoy pensando», pensó. No quería pasar a solas la noche del baile, y este año el que menos.

—¿Te acuerdas de Ben, el corredor de campo a través que me molaba? Bueno, pues me paró después de inglés y me pidió que fuera al baile con él.

A Keeley se le hizo un nudo en el estómago.

—¿Vas a ir?

—Sé que tenemos planes y todo pero… —Nicky rogó en silencio a Keeley que la entendiera—. Es nuestro último año en el instituto. Es nuestro último baile. No me lo quiero perder.

Keeley fue comprensiva. Ella pensaba lo mismo. Había deseado ir con Talon incluso si era el archienemigo de su instituto. Se imaginaba entrando con él en el baile de su brazo. Habrían producido sensación.

—Tiene un amigo que sigue sin pareja. Podríamos ir los cuatro —sugirió Nicky con tono esperanzado—. ¡Será divertido! Podríamos ir juntas de compras, peinarnos y maquillarnos. Ben y su grupo piensan alquilar una limusina y todo. Lo pagarán todo ellos.

Seguro que sería divertido arreglarse juntas, pero ¿y lo demás…? No. No podía imaginar ir a ese baile con alguien que no fuera Talon.

—Gracias, pero no creo que pueda. Además, no seré una pareja muy divertida. —Se sentía vacía por dentro. Como si faltara una pieza en su vida.

Nicky se puso en pie de un salto.

—No quiero que te quedes en casa depre. Le diré a Ben que no y punto.

Keeley cogió a Nicky del brazo y la obligó a sentarse.

—Ni se te ocurra. Ve al baile con él.

—¿Seguro?

La ilusión en los ojos de Nicky era la prueba de que había tomado la decisión correcta.

—Estaré bien. Me daré un atracón viendo alguna serie en Netflix.

Keeley probó la comida, pero no tenía hambre realmente. Lo peor de la separación era cuando olvidaba que ya no estaban juntos. Como esos momentos en los que, al despertarse, alcanzaba de forma automática su teléfono, esperando un mensaje de Talon, y entonces recordaba lo sucedido. Era como cortar una y otra vez.

—Sé que soy yo la que ha cortado con él, pero lo echo de menos. Un montón.

—Has hecho bien. No puedes estar con alguien así.

—Eso no impide que lo eche de menos. Cuando me voy a la cama, me pongo a leer sus mensajes sin darme cuenta. —Podía ver la progresión de su relación. Cómo habían abierto sus corazones y cómo había crecido la confianza mutua.

—Borra esos mensajes. Qué narices, borra su número. Corta por lo sano para superarlo más rápido.

Nicky hacía que pareciese fácil, pero no lo era. Keeley no estaba preparada aún para pasar página. Le gustaba el cambio que él había provocado en ella. ¿Y si esos cambios desaparecían ahora que él estaba fuera de su vida? ¿Quién haría que tomase decisiones con sensatez? Él era el único que veía las diferencias.

Gavin se acercó nerviosamente a su mesa. Lanzaba miradas por encima de su hombro como si no quisiese que nadie lo viera.

—Keeley, ¿podemos hablar? ¿En privado?

—Si es sobre Talon, no tengo nada que decir. Aún me cuesta creer que seáis familia.

—Por favor —suplicó—. Solo será un minuto o dos.

Keeley aceptó de mala gana. ¿Qué tenía que perder? Lo siguió a un aula vacía y se sentó en una de las sillas.

Gavin juntó las manos, se diría que iba a pronunciar un sermón.

—Sé que no quieres oír hablar de J. T., pero creo que deberías saber que le importas de verdad.

—Esa no es la cuestión. —Sabía que sus sentimientos hacia ella eran reales. Por eso se le hacía más duro de llevar.

—Todavía se siente súper culpable por lo que le hizo a Claire. No lo dice, pero ha cambiado.

Esto último captó su atención.

—¿Qué quieres decir?

—Cuando se enteró de lo de Claire y Zach, estaba rabioso, incluso irascible, pero después de enviar esas fotos… —Su rostro se tensó, como de dolor—. Se resignó, como si ser un mierda fuese lo que le había tocado en la vida. Hay una diferencia enorme entre el chico que se mudó aquí y el chico que es ahora. Cuando empezasteis a salir, fue como recuperar al antiguo Talon. No lo juzgues basándote en un error del pasado.

Keeley sabía lo que era intentar cambiar, pero así y todo…

—Lo que no puedes hacer es esconder cosas debajo de la alfombra y hacer como si no existieran. Él hizo lo que hizo. Y no es solo eso. El hecho de que enviara esas fotos me preocupa. Sé que estaba ofendido, pero eso no es excusa.

—¿Nunca has estado tan enfadada que has terminado haciendo cosas que no querías? —sostuvo Gavin con una mirada fulminante.

—Pero no intenté ocultarlo. Esa es la gran diferencia. —No podía seguir discutiendo con él. Ya lo hacía bastante consigo misma—. Gavin, te agradezco lo que intentas hacer, pero se acabó.

—¡Pero él intentó arreglarlo! Intentó que la gente dejase de reenviarse las fotos. ¿Eso no cuenta para nada?

Contaba; sin embargo, no había podido deshacer lo que

ya estaba hecho. Esas fotografías seguían circulando por ahí. La vida de esa chica se había ido al traste.

—Piensa solo en lo que te he dicho, ¿vale? —Gavin ya estaba en el umbral de la puerta cuando se detuvo. Volviéndose, la miró avergonzado—. Una última pregunta: ¿le vas a contar a Zach que soy familia de Talon y que le ayudé con la novatada?

Era una buena pregunta. Pregunta para la que no tenía respuesta. Comprendió el infierno por el que Gavin pasaría si el equipo se enteraba, pero al mismo tiempo ella y Zach habían hecho una promesa. No más secretos. Sopesó sus opciones. A fin de cuentas, su relación con Zach era más importante.

—Voy a tener que contárselo. Lo siento, Gavin.

Los hombros de Gavin se hundieron.

—Lo imaginaba. Pues bueno.

Cuando Keeley volvió a sentarse a la mesa, Nicky preguntó:

—¿Qué quería?

—Intentar que vuelva con Talon.

—Espero que le hayas dicho que no.

—Pues claro.

Pero algunas de las palabras de Gavin le habían tocado una fibra. ¿En qué punto obtiene una persona el perdón? ¿Se le puede perdonar? E incluso si llegase a perdonar a Talon, ¿cómo podría volver a confiar en él?

Capítulo 24

Menuda sorpresa

•••

Llegó la noche del baile. Keeley estaba en el sofá comiendo helado cuando llamaron a la puerta. Seguramente era Zach, que tendría las manos demasiado llenas para poder abrir. Había ido a recoger su cena al restaurante chino de la esquina. Al enterarse de que ella iba a quedarse sola en casa, canceló su cita e insistió en pasar la noche a su lado. Keeley paró rápidamente el programa que estaba viendo para ir a abrir.

—Claire —musitó, reconociendo a la chica de la foto de Zach. Los mismos rasgos delicados y pelo liso y sedoso.

La sorpresa se plasmó en su cara.

—Sabes quién soy.

—He oído hablar de ti.

Claire se estremeció, y Keeley no lo habría percibido si no la estuviera observando de cerca.

—Ya veo —murmuró. Keeley tuvo la impresión de que sí que lo veía. Vio la complicada imagen en su totalidad. Transcurrieron unos segundos incómodos antes de que preguntara:

—¿Puedo pasar?

La mano de Keeley se aferró al pomo de la puerta.

—Zach no está.

No hubo nada sutil en el estremecimiento esta vez. El cuerpo entero de Claire se echó hacia atrás como si le hubieran lanzado un ladrillo a la cabeza.

—Lo sé. Lo he visto irse.

«Esto debe de significar que ha venido a hablar conmigo», pensó Keeley. Estudió a Claire. No cabía duda de que era guapa, pero no era un bombón como tantas otras chicas con las que su hermano había salido. Sin embargo, tenía algo que hacía que te parases a mirarla. Keeley no sabía con exactitud qué era, pero fuera lo que fuese, lo irradiaba desde su interior.

Keeley se hizo a un lado.

—¿Quieres tomar algo? ¿Agua? ¿Refrescos? ¿Zumo? —preguntó mientras la invitaba a pasar al salón. *Tucker* les pisó los talones entusiasmado.

Claire se pasó una mano por el suéter, alisándose arrugas invisibles.

—No, gracias. He bebido agua cuando conducía hasta aquí.

Keeley encontró gracioso que actuasen como un par de adultas. Claramente, ambas estaban nerviosas e intentaban taparlo con buenos modales. Se sentó en el sofá y Claire en la silla de enfrente. Se alisó el jersey de nuevo mientras sus ojos se movían rápido por la estancia. Keeley permaneció sentada pacientemente, decidida a dejar que Claire hablase primero y determinase el tono de la conversación. Después de todo, era ella la que se había presentado sin avisar. Era su show.

—¿Sabes? Siempre me he preguntado cómo sería tu casa por dentro —dijo la chica finalmente.

—¿Zach nunca te ha traído a casa?

Una mirada tristona penetró sus ojos.

—Siempre quería quedar en otro sitio. Una vez le pregunté si podíamos venir aquí, para conocerte, y me dijo que aún no estaba preparado para compartirme.

—No me sorprende —añadió Keeley, frotándose las sudorosas manos en la parte de atrás de la blusa—. Nunca se le ha dado bien compartir cosas.

—Ya veo —dijo Claire en voz baja.

Como no continuó, Keeley le preguntó:

—O sea que querías conocerme cuando estabais... —¿Cómo definir exactamente lo suyo? ¿De novios? ¿Saliendo a dos bandas?

Los ojos de Claire, una sombra de miel oscura, chispearon.

—Él siempre estaba hablando de ti y yo quería que fuésemos amigas. —Desvió la mirada, el cuerpo tenso—. Pero supongo que eso ya no puede ser.

La conversación estaba siendo tan incómoda como Keeley había imaginado. Jugueteó con las borlas de un cojín, preguntándose qué decirle. «Decisión consciente —se dijo—. Atrévete.»

—Claire, ¿por qué has venido? ¿Es por Zach? ¿Por Talon? ¿O por los dos?

Claire no respondió durante un buen rato. Keeley se preguntó si se decidiría a hablar, y entonces la chica soltó un suspiro y tragó saliva.

—Estoy segura de que sabes lo que pasó entre tu hermano, J. T. y yo. No es precisamente un secreto en esta ciudad.

El dolor dibujado en el rostro de Claire era una imploración a Keeley.

—No ha corrido tanto la voz como tú crees —la tranquilizó—. Yo ni siquiera lo sabía hasta hace poco.

La mirada de gratitud de Claire fue una lección de humildad para Keeley. A todas luces, la chica había sufrido mucho. Era patente no solo en su expresión, sino también en su forma de vestir. Llevaba un jersey demasiado holgado, vaqueros anchos y zapatillas de deporte. La única piel mostrada era la de sus manos, cuello y cara. Como si no quisiera que nadie la viera.

—He intentado con todas mis fuerzas olvidar lo que pasó y seguir adelante con mi vida. —Claire agachó la cabeza para poder fijar la mirada en el suelo—. Pero siempre aparece algo que se abre paso hasta la superficie. Puede ser una foto, rumores, o cruzarme con alguien de aquí. —Su mano temblaba cuando la levantó para apartarse el flequillo de los ojos.

Era evidente que había sufrido mucho.

—Lo siento mucho —susurró Keeley—. No puedo imaginar por lo que habrás pasado.

Tucker se aupó sobre Claire y apoyó la cabeza en su regazo. La cara de Claire se suavizó y se inclinó para acariciarle.

—Me quedaba despierta por la noche pensando en qué haría si alguna vez volviera a encontrarme cara a cara con J. T. Pensé en gritarle, en llamarle de todo, darle un puñetazo en la cara e incluso robarle su reserva de Píos. —Rascó por última vez a *Tucker* detrás de las orejas antes de ponerse en pie—. Pero lo cierto es que cuando vino a mi casa hace dos días, no hice nada de eso.

A Keeley se le formó un nudo en el estómago.

—¿Lo has visto?

—Al principio no quise. Pero comprendí que tenía que hacerlo si quería pasar página de una vez por todas.

¿Por qué iría Talon a ver a Claire? ¿Y por qué vendría

ella a su casa después? Keeley tenía la cabeza llena de preguntas.

—Hablamos. De mí, de él, de tu hermano. —Levantó la mirada—. Y de ti. Me quité un gran peso de encima. Y comprendí que todas esas noches en vela no había estado esperando la oportunidad de gritarle, sino de pasar página. Estaba atrapada en un bucle de odiarle a él y a mí misma, y nunca tenía fin. Y no fue hasta que lo vi que supe que necesitaba perdonarle para pasar página. —Sus ojos brillaron con determinación—. Y lo he hecho. He perdonado a J. T.

Bien por Claire, y bien por Talon, pero Keeley seguía aturullada.

—¿Y yo qué tengo que ver en todo esto?

—J. T. me dijo que te lo había ocultado la mayor parte del tiempo.

—Di más bien toda —corrigió Keeley.

—De las cuatro horas que hablamos, dos fueron sobre ti. No voy a entrar en detalles, pero me contó cómo os conocisteis, como se enamoró de ti, vuestra estancia en Barnett e incluso vuestra primera cita. Un poco maleducado, teniendo en cuenta que soy su ex novia —rio un poco—, pero tampoco me importó mucho. Sobre todo cuando supe la cantidad de veces que lo habías puesto en su sitio.

Los labios de Keeley se crisparon. Se lo había pasado a lo grande metiéndose con él.

—La razón por la que he venido hoy es para decirte que J. T. ha cambiado. No es el mismo chico que conocí hace tres años.

La sonrisa de Keeley se borró.

—¿Te ha pedido él que vengas a decirme esto?

—Él no sabe que estoy aquí. He hecho las paces con J. T. Me ha pedido perdón por lo que hizo y lo siente en el alma. Le creo. —Claire se reclinó en su silla, su expresión era sincera—. Entiendo que hayas cortado con él. Yo habría hecho lo mismo, pero ahora que ya conoces lo peor de él y todas las cartas están sobre la mesa, ¿no puedes perdonarle?

—Pero lo que te hizo a ti y cómo me ha utilizado a mí…

—Lo sé —dijo Claire tranquilamente. Echó un rápido vistazo a la foto de Zach colgada en la pared—. Conozco de sobra a los chicos que te utilizan, pero a J. T. le importas de verdad.

—Pero tú también le importabas y mira lo que pasó.

—Cometió un error: un error estúpido, idiota, provocado por la rabia. No estoy justificándolo, pero creo que ha aprendido la lección. —Se puso una mano en el pecho—. Te lo digo como chica, como alguien que ha cometido también muchos errores: J. T. ha cambiado.

La mente de Keeley era un torbellino.

—Para serte sincera, no te esperaba así para nada.

Claire echó la cabeza hacia atrás y rio.

—Me lo tomaré como un cumplido.

—¿Puedo hacerte una pregunta personal? —Keeley deseó que no se ofendiera mucho.

Su rostro se tornó grave.

—Pregunta.

—¿Por qué no cortaste con Talon cuando empezaste a sentir algo por mi hermano? —Llevaba mucho tiempo haciéndose esta pregunta.

Claire miró por la ventana. Las comisuras de sus labios se curvaron ligeramente hacia abajo.

—Yo también me hago esa pregunta, ¿sabes? Me habría ahorrado un montón de dolor si lo hubiera hecho. —Sus manos se cruzaron en su regazo—. Me dije a mí misma que le estaba haciendo un favor no cortando con él. J. T. estaba muy triste por el traslado y por la muerte de su abuelo. Me convencí de que dejarlo solo le haría más daño. Pero la verdad es que seguí con él por inseguridad.

—¿Qué quieres decir? —preguntó Keeley.

—Los chicos nunca iban detrás de mí, nunca fui una chica popular, y menos en aquella época. En el colegio llevaba un aparato de esos horribles en los dientes y gafas... —Se estremeció—. Un espanto. Pero el primer año de instituto me puse lentillas y me quitaron el aparato. De repente, era la chica a la que los chicos miraban, y no cualquiera, sino J. T. Le hacía sombra a los demás.

Keeley apretó los dientes. Oír hablar de ellos dos juntos era más duro de lo que había pensado. Pero sabía a qué se refería Claire. Lo especial que era sentir que le gustabas a Talon.

—Cuando me pidió que fuera su novia, no podía creerlo. Con todas esas chicas detrás de él, y me escoge a mí. Todo fue bien al principio, pero luego las chicas empezaron a ponerse agresivas. Hacían todo tipo de cosas para intentar atraerle.

Keeley no podía saberlo. Habían pasado la mayor parte de su relación escondiéndose para que Zach no los descubriera.

—Sentí que necesitaba hacer algo extremo para mantener su interés y le envié esas fotos. —Claire suspiró—. El peor error de mi vida. Después de enviárselas, me sentí... sucia. Todo el mundo cree que algo así te acerca más al otro, pero pasó todo lo contrario. Me alejé y entonces es cuando conocí a tu hermano. Era mi oportunidad para empezar de cero. Una forma de apartarme de J. T. y de esas horribles fotos. Pero ver a Zach mientras seguía saliendo con J. T. fue egoísta por mi parte.

Claire se pasó una mano por el pelo, sacándose un mechón de detrás de la oreja y dejándolo caer a un lado de la cara.

—J. T. me hizo tanto daño como yo a él. Por eso estoy aquí. Intentando redimirme por haberle engañado.

Keeley respiró hondo. No sabía si lo que Claire decía cambiaba algo, pero agradecía escucharlo. Le daba mucho que pensar.

Claire apoyó las manos en sus rodillas y se levantó.

—Ya es hora de irme. Gracias por haberme escuchado.

Cuando Keeley la acompañaba a la puerta, Claire sacó un sobre blanco con un bulto grande en una esquina.

—Oh, antes de que lo olvide, ¿puedes darle esto a tu hermano?

Keeley cogió el sobre pero no echó un vistazo dentro. Sabía que era el anillo de graduación de Zach.

—¿Por qué se lo devuelves ahora? —Claire lo había conservado durante casi tres años.

—Creo que me lo quedé para no olvidar las malas decisiones que tomé. Pero perdonar a J. T. me ha hecho comprender que tengo que perdonarme a mí misma también. —Claire hizo una pausa, su mano demorándose en el marco de la puerta—. Buena suerte, Keeley.

Keeley regresó al sofá y se hundió en él, intentando asimilar todo lo que Claire le había dicho. ¿Había cambiado Talon? ¿Podía confiar en él realmente? Después de todo, Claire, la chica a la que más daño había hecho, lo perdonaba. ¿Significaba eso que ella también podía? No se había movido del sitio cuando Zach volvió finalmente.

—Ya estoy de vuelta —gritó Zach, tirando las llaves en la mesa del salón. Dejó las bolsas de comida china en la mesa de centro delante de Keeley—. No te imaginas la cola que había. —Sacó los envases y los abrió—. ¿Puedes ir a buscar los platos, Keels?

Keeley tenía el sobre en una mano. Casi deseó que Claire se hubiera quedado con el anillo, porque iba a traerle un montón de recuerdos a su hermano. Recuerdos para los que no sabía si estaba preparado.

—¿Keels?

La pierna de Keeley empezó a dar golpecitos contra el suelo mientras toqueteaba el sobre blanco con los dedos.

—Zach, eh… bueno… toma. —Le dejó el sobre en el regazo.

—¿Qué es esto? —preguntó, sosteniéndolo en el aire.

—Algo para ti. —Cuando Zach entrecerró los ojos, le dijo—: Tú ábrelo.

—Estás rara —musitó, pero hizo como le había mandado. Cuando vio el contenido, palideció. Sus penetrantes ojos se desviaron hacia ella, dejándola clavada en su sitio—. ¿Cómo es que tienes esto?

—Claire ha pasado por aquí mientras estabas fuera.

—¿Ha venido aquí? ¿Para qué? —La ilusión en su cara casi le partió el corazón a Keeley.

Keeley vaciló, no estaba segura de qué contarle.

—Quería hablar de Talon y quería que te diese el sobre.

El entendimiento traslució en su cara.

—Se va —dijo, pestañeando rápidamente—. Es su forma de despedirse de mí.

Keeley se puso en pie y rodeó con sus brazos a su hermano gemelo. Le frotó la espalda, su respiración era irregular, cada exhalación cargada de emoción.

—A lo mejor eso es bueno. Ahora tú también podrás pasar página.

—No puedo sacármela de la cabeza. ¿Alguna vez te ha

gustado alguien tanto que cuando le haces sonreír o reír te sientes el amo del mundo? Eso es lo que siento con Claire. No es un sentimiento que desaparece por las buenas. Se te mete dentro y ya no te suelta.

—Sip —contestó Keeley con tristeza—. Sé exactamente lo que quieres decir.

Capítulo 25

Doy un salto

•••

Los dedos de Keeley daban golpecitos en la mesa mientras miraba hacia la puerta de la biblioteca del instituto, a la espera de Gavin. ¿Cuánto tiempo se tardaba en llegar a la biblioteca? Llevaba esperando pacientemente treinta minutos y el timbre de la mañana estaba a punto de sonar. No les quedaba tiempo.

—¿Estás segura de lo que vas a hacer? —preguntó Nicky.

—Segurísima —afirmó Keeley.

Sabía que Nicky no lo aprobaba, pero estaba harta de tener en cuenta lo que pensaran los demás. Creía en lo que Claire le había contado. Talon había cambiado, y ella también. Keeley seguía sin saber lo que quería hacer después del instituto, pero sabía lo que quería en estos momentos: más presencia de Talon en su vida.

Keeley meneó la cabeza y volvió a mirar hacia la

puerta. Se estaba poniendo nerviosa. Pues sí, ¿a quién iba a engañar? Estaba que se subía por las paredes y directamente camino de preocuparse. Su plan entero dependía de esto. ¿Y si no lo seguía? La puerta de la biblioteca se abrió y Gavin entró.

—¿Tienes su teléfono? —preguntó Keeley.

Gavin se quitó la capucha y dejó su mochila en el suelo. Frunció los labios y la miró durante un par de compases antes de decir:

—Quiero que conste que esto no me gusta. Ni un pelo.

—¿No me habías dicho tú que tenía que hacer las paces con él?

Recordó el día en que Talon le había hablado de su prima, la que jugaba al fútbol. Keeley había dicho que ella no se veía capaz de soltar un bombazo así, pero él le puntualizó que solo tenía que ser un bombazo para ella. Vale, pues este era su bombazo. Iba a dar rienda suelta a todas sus emociones. Solo esperaba que él le correspondiera.

—Sí, pero creí que te limitarías a hablar con él. No esto.

Le entregó el teléfono. Era como si hubiera pasado una eternidad desde la última vez que lo había tenido en sus manos. Cuando Talon solo era Talon, una voz misteriosa al otro lado de la línea.

—¿Cómo lo has conseguido? —preguntó.

—Hice como que me había olvidado un libro en su casa y pasé por allí esta mañana. Casi me pilla rebuscando entre sus cosas, pero por suerte su madre nos llamó para que bajáramos. Sigo sin entender cómo esto va a ayudaros a que volváis —dijo Gavin.

—Ya lo verás.

Antes de darle su propio teléfono a Gavin la noche anterior, había hecho algunos cambios de configuración. Cuando Talon lo usara, todo le recordaría a ella: vería fotografías de los dos en su fondo de pantalla, o alarmas disparándose al azar con bromas privadas y mensajes sinceros, o tonos de llamada con significados especiales. Con un poco de suerte su teléfono mostraría a Talon lo que se estaba perdiendo.

Nicky la miró.

—¿No quieres mirar sus mensajes? ¿Comprobar si no tiene más secretos?

—Me dijo que no tiene nada que ocultarme y le creo.

—¿Estás segura?

—Completamente.

...

Keeley suspiró. Talon no le había escrito ningún mensaje todavía y empezaba a preocuparse. Ya era la última clase del día. Keeley había programado que saltaran veinticinco alarmas. Era imposible que Talon pudiera apagarlas sin su contraseña, que no tenía. Había esperado recibir un mensaje de voz o algo a estas alturas del día. ¿Había esperado demasiado? ¿No quedaban esperanzas de recuperarlo?

No. No podía creerlo. No después de que leyera los mensajes que había asociado a esas alarmas. Keeley había puesto su corazón en esos mensajes, dedicándose horas enteras a escribirlos y reescribirlos hasta que todos quedaran perfectos. No había sido tan sincera en su vida.

Una bolita de papel le dio en plena frente.

—¿Qué? —preguntó a Nicky, moviendo mudamente los labios. Enseguida miró a la señora Miller, pero la profesora estaba escribiendo en la pizarra.

—Te ha brillado —le contestó a su vez Nicky moviendo los labios, señalando el regazo de Keeley. Nerviosa, Keeley miró discretamente su teléfono. ¿Era finalmente él?

Talon: Lo flipo, me gustas! Por qué tengo tu Keeley es increíble?

Maldita sea! Qué le has hecho a mi Keeley es increíble?

A Keeley le entró la risa, pero apretó los labios, reprimiéndola. Parecía que su broma estaba funcionando. Había entrado en la configuración del teléfono y cambiado algunas palabras clave para que cada vez que teclease cierta palabra o frase, el teléfono se autocorrigiera a lo que ella había programado. Su nombre, Keeley, cambiaba automáticamente a «me gustas»; y la palabra «teléfono» a «Keeley es increíble».

Uy, gracias! Y no hace falta que insistas... Ya sé lo increíble que soy. ☺

No! Esto no está pasando. Quiero recuperar mi Keeley es increíble.

Vale, si insistes...

Me gustas! No tiene gracia. Cambia. Esto. Ya.

Lo sé! Los sentimientos y las emociones no tienen ninguna gracia. Hay que tomárselas muy en serio, por eso tu confesión me llega al alma.

Eres la chica más guapa que he conocido en mi vida!

Keeley se esforzó por no reír. Sabía que Talon usaría la palabra «imposible».

Tus palabras me están ruborizando.

Son TUS palabras. No mías.

No sé de qué hablas. Solo sé que el chico que me gusta sigue halagándome.

Me gustas...

Tú también me gustas...

Keeley soltó el teléfono en su regazo cuando la señora Miller pasó junto a su mesa. Estaba devolviendo las redacciones de admisión escritas por los alumnos.

En la parte superior de la hoja de Keeley figuraba un 10 grande. En el margen, la señora Miller había escrito: «Muy bien conectados los dos temas». Keeley había escrito la redacción después de tomar la decisión de enfrentarse a sus miedos, para permitirse avanzar.

—¿Qué has sacado? —preguntó Zach, volviéndose hacia ella. Keeley le enseñó orgullosa la hoja. Él silbó, impresionado—. Yo solo he sacado un 8.

—¿He sacado más nota que tú? —dijo Keeley sorprendida. Eso no había pasado nunca. Estaba impaciente por enseñárselo a sus padres. Qué diablos, igual hasta lo colgaba en el frigorífico.

Mientras la señora Miller seguía repartiendo las hojas, Keeley echó un nuevo vistazo al teléfono.

Por qué haces esto? Cortaste conmigo, recuerdas?

Sé que fuiste a ver a Claire. Creo que eres muy valiente por reconocer tus errores.

No lo hice por ti.

Eso es lo que lo hace valioso.

Qué estás intentando decirme?

Creo que tenemos algo por lo que vale la pena luchar.

Cómo sé que no vas a cambiar de opinión y cortar conmigo otra vez?

Pensó en el día de la playa, cuando supo la verdad sobre Talon y Claire.

Estás asustado. Miedo a confiar. Lo entiendo.

No lo entiendes.

Sí. Corté contigo por la misma razón, y recuerdas lo que me pediste? Me pediste que confiara en ti. Te estoy pidiendo que hagas lo mismo.

Por qué debería darte lo que tú me negaste?

Correcto. Eso sí que era una buena pregunta. Nunca existían garantías… para nada. Pero eso no era un motivo para no intentarlo.

Estamos al borde de un precipicio, Talon. Se trata de dar un salto e intentar pasar al otro lado o caer en picado y perder lo que tenemos.

No has oído eso de que cuanto más subes, más dura es la caída?

Es un riesgo que estoy dispuesta a correr. No sé qué más hacer o decir para convencerte, pero quiero ir a por todas, Talon.

Esto que me escribes va en serio?

Había una imagen adjunta a su texto. Era un pantallazo de uno de sus mensajes. Un poema. El primero que jamás se había atrevido a escribir. Seguramente no era bueno, pero resumía sus sentimientos.

Cuando pronuncio dos palabras,
dentro de mí siento vértigo.
Es un sentimiento tan fuerte que no puedo esconderlo.
Cuando pronuncio dos palabras,
una sonrisa se plasma en mi cara.
Da igual dónde esté, es una reacción inmediata.
Cuando pronuncio dos palabras,
mis problemas empiezan a desaparecer.
Estas dos palabras iluminan mi ser.
Cuando pronuncio dos palabras,
cerca de ti quiero estar,
Porque de esas dos palabras nunca debes dudar.

La adrenalina le subió al máximo. Se sintió vulnerable. Expuesta.

Cada palabra.

Y esto?

Otro pantallazo.

Hay muchas cualidades que admiro en una persona, pero la mayor es la capacidad de decir que lo siente. No estoy hablando de las disculpas rápidas que la gente dice cuando tropieza con alguien por la calle, sino de las disculpas profundas y francas que te despojan de tu ego y te dan una lección de humildad ante la persona con la que has sido injusto.

Sé que te sientes culpable por lo que pasó. Sé que cargas con la vergüenza. Pero a pesar de lo que piensas, mereces perdón. Has pagado tus deudas. Permítete ser feliz, y si no puedes, al menos déjame estar a tu lado para enseñarte a serlo.

Sí.

Y tienes claro que esto es lo que quieres? Tú y yo? Nada de echarse atrás ni de dudas?

100% segura.
Quieres saltar conmigo?

—¿Qué está pasando? —susurró Nicky mientras salían de clase, la preocupación impresa en cada palabra—. ¿Qué ha dicho?

—Estoy a la espera. —Keeley apretó el teléfono. Esperar iba a matarla.

—¿A la espera de qué? —preguntó Nicky.

Si tú estás conmigo, sí.

La cara de Keeley se partió en una enorme sonrisa.
—¿Keeley? —insistió Nicky—. ¿A la espera de qué?
—De dar un salto.

Capítulo 26

Me han atrapado

• • •

Keeley se miró en el espejo y se quitó las horquillas que le recogían el pelo hacia atrás. Llevaba veinte minutos en el cuarto de baño, rizándose y toqueteándose la melena, ¿y qué había conseguido? Absolutamente nada. Si acaso, su cabello tenía peor pinta. Normalmente, se lo habría enrollado en un moño, dándose por vencida, pero este no era un día cualquiera. Exactamente al cabo de treinta minutos vería a Talon por primera vez desde que se habían intercambiado los últimos mensajes.

Su piel hormigueaba a partes iguales de emoción y nervios. Esta cita era todo un acontecimiento, mucho mayor que la primera. Todos los secretos, toda la ropa sucia estaban al descubierto. Ya no había excusas para salir corriendo. La suerte estaba echada. Finalmente podrían construir una relación en un campo de juego nivelado. Nada los detendría.

«Siempre que consiga domar a esta bestia», pensó para sí. Cogió el cepillo y comenzó a deshacer los nudos.

Diez minutos más tarde, bajaba las escaleras con el cuero cabelludo dolorido y lo que parecían diez toneladas de laca. Cuando fue al salón por su bolso, pasó por delante de su hermano, que estaba apalancado delante del televisor, tumbado en el sofá en la misma postura en que lo había visto desde el desayuno.

—¿Vas a salir? —preguntó distraídamente, una mano apoyada detrás de la cabeza, la otra sujetando el mando, mientras zapeaba entre los canales.

—Voy al muelle.

—¿Quieres que te lleve? —Soltó el mando y se sentó—. Necesito salir de casa.

—Voy al paseo marítimo. Tú te quedas aquí. —Lejos de Talon.

Los ojos de Zach se entrecerraron mientras estudiaba la cara de su hermana. Algo tuvo que olerse, porque segundos después gruñó:

—¿Otra vez con lo mismo? Creí que eso estaba completamente terminado.

—Sé que no te gusta, y no pasa nada. —Había aceptado el hecho de que nunca se llevarían bien—. Pero tus sentimientos no cuentan en mi relación con él, lo mismo que sus sentimientos no cuentan en la nuestra.

—Sí que importa —protestó—. ¿Cómo no iba a importar?

Keeley no quería sacar a relucir un tema doloroso, pero su hermano no le dejaba otra alternativa.

—¿Y si Claire quisiera volver contigo y yo te dijera que no me gusta?

Zach arrugó la nariz.

—No tienes motivos para que no te guste. Ella nunca te ha hecho nada.

—Pero ¿y si no me hiciese gracia? —insistió—. ¿Entonces qué? ¿Le dirías que no? ¿Pasarías de ella?

Zach apretó los labios.

—¿Lo ves? No es tan fácil. Voy en busca de lo que necesito. Te quiero, pero tengo que hacer lo que me hace feliz a mí, y Talon me hace feliz.

Zach levantó la cabeza y la miró a los ojos, una triste sonrisa plasmada en su rostro.

—Voy a sacar a *Tucker* a pasear. Nos vemos después.

—Espera, Zach…

Pero ya estaba en la puerta con la correa en la mano. Así que Keeley cogió su bolso y fue a la cita con Talon.

…

Talon la estaba esperando cuando ella entró con el coche en el aparcamiento. Su postura era relajada; sentado en un banco, contemplaba tranquilamente las olas, con un paquete de Píos al lado. No parecía nada nervioso. Puede que ella fuera la única en pensar que la situación era extraordinaria. Mientras se acercaba a él, Keeley vio que seguía mirándose las manos y luego se encogía de hombros.

—Ey —dijo ella vacilante, ralentizando sus pasos a medida que se acercaba.

Él alzó la cabeza al oír su voz y soltó aire.

—Aquí estás.

—Aquí estoy.

Keeley rodeó el banco y se detuvo, insegura de lo que debía hacer. ¿Cuál era exactamente el protocolo cuando te citabas con un ex novio con el que estabas a punto de volver? ¿Debía abrazarle? ¿No tocarle para nada? ¿Ofrecerle un educado apretón de manos? ¿Hacer una broma?

Talon se levantó de un salto de su asiento y se metió algo en el bolsillo: era el teléfono de Keeley. Los ojos de ella se abrieron como platos cuando pudo ver un trocito de la pantalla. Eran sus mensajes de texto. ¿Había estado releyendo sus mensajes? Él le dedicó una tímida sonrisa. De pronto, el amasijo de nervios que tenía se deshizo y supo que todo iba a salir bien.

—¿Por qué te quedas ahí apartada? —preguntó.

—Porque estoy esperando mi abrazo.

Talon dio dos largas zancadas hacia ella y la estrechó entre sus brazos, dejándola sin respiración.

—Pensé que no ibas a venir —susurró.

—Conozco ese sentimiento —le susurró ella a su vez, parpadeando para reprimir las lágrimas.

Finalmente, la liberó y decidieron dar un paseo por la playa.

—¿Y ahora qué hacemos? ¿Borrón y cuenta nueva? —preguntó Talon, cogiéndole la mano.

—No creo que exista eso de borrón y cuenta nueva.

Talon arrugó la nariz mientras se apartaba de ella y daba una patada a una concha.

—¿Qué me estás diciendo? ¿Que lo que hice siempre contará en mi contra?

—No quiero decir eso —le dijo, acercándose a él y cogiéndolo del brazo—. Te he perdonado por ocultarme secretos. Lo único es que no creo que podamos hacer como si nunca hubiera ocurrido. Ha ocurrido, pero la diferencia es que hemos pasado página. O, por lo menos, eso espero. —Notó que a Talon se le tensaba un músculo del brazo y una mueca de tristeza apareció en sus labios—. ¿O no?

Talon abrió la boca y la cerró igual de rápido.

—¿Qué? —preguntó Keeley, lanzándole una mirada ansiosa.

Se frotó la mandíbula.

—Creo que tenemos que hablar sobre algo antes de poder pasar página por completo.

Keeley inspiró hondo y soltó el aire antes de contestar:

—Vale. ¿De qué quieres hablar?

—Sé que has dicho que confías en mí, pero ¿confías de verdad? ¿Me crees cuando te digo que nunca te traicionaré? Porque no quiero volver a pasar por esto, Keeley. Necesito saber que no me lo vas a echar en cara cada vez que pase algo.

Keeley ahogó el impulso de darle un sí rápido con la cabeza. Él había estado dándole vueltas y ella necesitaba hacer lo mismo.

—Creo que no vas a volver a mentirme, pero ¿puedo preguntarte algo primero?

—Por supuesto.

—Necesito que me prometas que no vas a tomar decisiones por mí otra vez. No me gusta nada cómo salió a relucir todo lo de Claire. ¿Puedes prometérmelo?

La miró a los ojos y asintió.

—Puedo. Seré sincero a partir de ahora.

Keeley se aferró a la promesa y la colocó junto a su corazón.

—Entonces, sí, Talon, confío en ti.

—Bien —murmuró, deteniendo su marcha—, porque si no, esta podría haber sido una conversación muy incómoda.

Keeley rio y le rodeó el cuello con las manos.

—¿Y tú qué? ¿Crees que no volveré a alejarme de ti?

Él le alisó un mechón de cabello y luego dejó que sus manos bajaran hasta sus labios.

—Te creo, gatita. Lo demostraste de sobra cuando me robaste el teléfono.

—Yo no te robé nada.

Tiró de ella hasta tenerla pegada a su cuerpo. Inclinándose, susurró:

—Entonces ¿cómo llamas a que cada uno tenga el teléfono del otro?

Ladeando la cabeza, le susurró a su vez:

—Tremenda planificación.

—Mmmm —murmuró, apresando sus labios en un beso que le hizo sentir mariposas en el estómago. Estirando su cuerpo hacia arriba, cerró los ojos y se dejó arrebatar por él.

Un fuerte silbido perforó el aire, penetrando la niebla que nublaba su mente. Apartando la cabeza, miró por encima del hombro de Talon para ver a un grupo de colegiales que los estaban mirando.

—Tenemos público.

—¿A quién le importa? —murmuró, intentando besarla otra vez. Pero ella esquivó sus intentos.

Dando un paso al lado, lo regañó.

—¡Son críos!

Él puso los ojos en blanco.

—Pues así aprenden una cosa o dos.

Esta vez fue ella la que puso los ojos en blanco. Lo cogió del brazo y lo llevó playa adentro, lejos de jovencitos impresionables.

—Uy, me parece que alguien intenta localizarte —dijo Talon. Sacó el teléfono de Keeley. Había tres llamadas perdidas y cuatro mensajes de texto. Keeley se lo arrebató de la mano. Eran todos de Zach.

Cuándo vuelves a casa?

Keels? Estás? Dime a qué hora vuelves.

Será pronto?

Deja de ponerle ojitos a tu novio y contesta al teléfono!

—¿Qué pasa? —preguntó Talon, acariciándole la espalda arriba y abajo. Keeley se acercó más y él se puso a masajearle los hombros.

—Zach —suspiró, inclinándose a su tacto.

Los dedos de Talon se tensaron.

—¿Qué quiere?

—A saber —dijo, frustrada con su hermano. ¿De verdad pensaba recurrir a un comportamiento tan mezquino?—. No deja de preguntarme cuándo voy a volver a casa. Como si le importara. Solo quiere echar a perder este momento... y no voy a dejarle.

No se molestó en leer el siguiente mensaje. Seguramente, algún insulto contra Talon. Estaba guardando el teléfono cuando Talon la cogió del brazo.

—Deberías contestarle—le dijo.

Asombrada, ladeó la cabeza hacia atrás para poder verle.

—¿En serio? ¿Quieres que le conteste?

—Puede que esté preocupado.

—Sabe que estoy contigo. Solo está haciendo esto para chincharnos.

—Es posible —reconoció él con una inclinación de cabeza.

—No hay posibles que valgan.

—Pero —dijo él, poniendo énfasis en las palabras— ¿y si existe una mínima posibilidad de que sea otra cosa?

Los ojos de Keeley se entrecerraron.

—¿Por qué estás siendo tan considerado con él?

Talon le dio la vuelta para que pudieran mirarse cara a cara.

—Porque si voy a estar contigo, él estará en la foto inevitablemente. Tú contéstale y así podemos olvidarnos de él.

No sé cuándo volveré a casa. Por?

Vendrás después del toque de queda?

Keeley miró a Talon, que estaba a unos pasos arremangándose los vaqueros. Él levantó la vista y le dedicó una sonrisa boba, señalando un cubo y una pala de plástico que alguien había olvidado.

No lo tengo pensado.

Saben papá y mamá con quién has salido?

Antes de poder responder, su hermano envió otro mensaje.

Tengo que saber lo que les voy a decir si he de cubrirte.

Keeley pestañeó y volvió a leer el texto.

Cubrirme? Harías eso?

Ya te digo.

¿Quería ayudarla a pasar tiempo con Talon? Su mensaje lo decía todo.

No creo que llegue tarde pero te avisaré si lo hago.

Y gracias... significa mucho para mí.

Tú me has cubierto las espaldas montones de veces. Ya es hora de que te devuelva el favor.

Significa eso que aceptas a Talon como mi novio?

Tampoco te pases de la raya. Digamos que lo tolero. Por ahora. Diviértete.

Mientras se acercaba a Talon, que ya había empezado a construir un castillo de arena —o a intentarlo—, se preguntó si la nueva actitud de su hermano se extendería a las chicas. Con suerte, cambiaría de chip y terminaría por encontrar a una que le gustara de verdad. Keeley deseaba que fuera tan feliz como ella en lo sucesivo.

—¿Todo bien? —preguntó Talon, arrojando con un ¡plaf! un puñado de arena mojada sobre otra masa informe de arena mojada.

Keeley le resumió la conversación con Zach. Pareció tan sorprendido como ella, pero cuando ella le sugirió que quizá terminasen siendo amigos, la sorpresa cedió a un ceño fruncido feroz.

—¿Por qué no? —exclamó Keeley, guiñándole un ojo ante su consternación.

De repente, Talon la cogió de la cintura y comenzó a darle vueltas.

—Talon —rio Keeley, sujetándose a sus hombros—, ¿qué haces?

—Pues me parece evidente —dijo, dándole más y más vueltas hasta dejarla cuidadosamente en tierra—. Celebrarlo.

—¿Que mi hermano nos ha dado su aprobación?

—Eso me da exactamente igual. No, estoy celebrándonos a nosotros. —Apoyó su frente en la de ella y le entrelazó las manos, acercándola a su pecho—. Lo hemos conseguido, Keeley.

Keeley frunció el ceño.

—Podríamos tener problemas… nunca se sabe…

Edgewood y Crosswell siempre serían enemigos. ¿Y la universidad? Ella podría mudarse a otra parte. Lo mismo que él.

Talon apretó las manos de Keeley contra su corazón, para que sintiera los regulares latidos.

—Pero podremos superar todo lo que se nos venga encima. —Su tono la retaba a estar en desacuerdo con él.

Una oleada de cariño la recorrió. Se alzó sobre las puntas de los pies y le besó la mejilla.

—Venga —dijo, tirándole de la mano—, vamos a terminar de construir tu castillo de arena.

—¡¿Castillo de arena?! —Sus mejillas se sonrojaron—. Esto no es un castillo de arena.

Keeley miró el montículo deforme y suspiró aliviada.

—Menos mal, porque no sabía cómo soltarte que parece algo salido de un cuento de terror. ¿Qué intentabas hacer, por cierto?

—¡Es un fuerte! —estalló él, los ojos relampagueantes de indignación.

—¡Oh! Oh...

—¡Es un fuerte, está clarísimo! Esto es la atalaya. —Señaló un montoncito grumoso rematado con piedras—. ¿Ves? Y los cuarteles están por aquí y...

Mientras seguía enseñándole todos los elementos esenciales de la supuesta fortaleza, Keeley reía en silencio, preguntándose cómo habría conseguido aprobar la clase de dibujo.

—¿Me estás escuchando? —preguntó él.

—Por supuesto —le dijo, logrando poner cara seria—. Los cuarteles. ¿Cómo no los había visto antes? Es tan evidente...

Un destello penetró sus ojos mientras daba un paso hacia ella.

—Tú, gatita, te la estás buscando.

—¿Yo? ¡Qué va! —se burló, retrocediendo un paso.

Talon empezó a avanzar; el sol rebotaba en sus rubios cabellos.

—Creo que deberíamos encerrarte en las mazmorras.

—Tendrás que pillarme antes —se burló ella, arrancando a correr por la playa. Oyó que la llamaba mientras empezaba a seguirla, sus largas piernas tumbándola finalmente en la arena. Riendo, le plantó un beso y luego ella dejó que el dueño de su corazón la atrapara por siempre jamás.

Agradecimientos

Quisiera dar personalmente las gracias a las siguientes personas, sin las cuales *Textrovert* nunca habría visto la luz.

A mis lectores de Wattpad, vuestro entusiasmo por *The Cell Phone Swap* me mantuvo en la brecha cuando quise tirar la toalla y dejar de escribir. Gracias por animarme siempre. Vosotros sois mi razón de seguir.

Al equipo de Wattpad —especialmente a Ashleigh Gardner, Caitlin O'Hanlon y Aron Levitz—, gracias por creer en mi historia. Habéis trabajado duro para hacer que mis sueños se cumplan. No lo habría conseguido sin vosotros.

A mi editora Kate Egan; nunca olvidaré uno de tus primeros comentarios: «¡Más Píos!». Creo que en ese momento supe que habías «entendido» mi historia. Gracias por enseñarme los entresijos del oficio y hacer de mí una mejor escritora. Tu aportación no tiene precio.

A Lisa Lyons; leíste el primer borrador en Wattpad, repleto de errores, y aun así viste algo que merecía la pena publicarse. Gracias por arriesgarte con mi historia.

Y, por último, a mis padres, Kollin y Joann. Vuestro apoyo continuo ha sido el ancla que me mantiene firme. Lo mejor de que me publiquen es ver el orgullo en vuestros ojos. Gracias por todo. Y no, papá, no puedes tener el diez por ciento.

Este libro utiliza el tipo Aldus, que toma su nombre
del vanguardista impresor del Renacimiento
italiano Aldus Manutius. Hermann Zapf
diseñó el tipo Aldus para la imprenta
Stempel en 1954, como una réplica
más ligera y elegante del
popular tipo
Palatino

***
**
*

Textrovert
se acabó de imprimir
un día de primavera de 2017,
en los talleres de Liberdúplex, s.l.u.
Ctra. BV-2249, km 7,4, Pol. Ind. Torrentfondo
Sant Llorenç d'Hortons (Barcelona)

***
**
*